3G智能手机创意设计

—— 首届北京市大学生计算机应用大赛获奖作品精选

柳贡慧 主 编

鲍 泓 黄心渊 副主编

电子工业出版社

Publishing House of Electronics Industry

北京·BEIJING

内 容 简 介

本书是对2010年首届北京市大学生计算机应用大赛的总结，本次大赛的主题是：3G智能手机创意设计。本书共收录了获得一、二等奖的精品作品22个，这些作品能结合手机应用的特点，创新性、实用性强，充分反映了首都大学生的创新设计和综合开发能力。本书将对展示首都大学生计算机应用大赛的成果，促进创新设计经验的交流起到积极的作用。

本书适合计算机专业技术人员、3G行业开发人员，计算机、通信、数字媒体等相关专业的在校师生阅读。

图书在版编目(CIP)数据

3G智能手机创意设计：首届北京市大学生计算机应用大赛获奖作品精选 / 柳贡慧主编. —北京：电子工业出版社，2011.6

ISBN 978-7-121-13581-1

Ⅰ．①3… Ⅱ．①柳… Ⅲ．①移动电话机—应用程序—程序设计 Ⅳ．①TN929.53

中国版本图书馆CIP数据核字(2011)第090687号

责任编辑：康 霞 桑 昀
印　　　刷：北京天宇星印刷厂
装　　　订：三河市皇庄路通装订厂
出版发行：电子工业出版社
　　　　　北京市海淀区万寿路173信箱　　邮编　100036
开　　本：787×980　1/16　印张：9.75　字数：187.2千字
印　　次：2011年7月第2次印刷
定　　价：40.00元

凡所购买电子工业出版社图书有缺损问题，请向购买书店调换。若书店售缺，请与本社发行部联系，联系及邮购电话：(010) 88254888。

质量投诉请发邮件至zlts@phei.com.cn，盗版侵权举报请发邮件至dbqq@phei.com.cn。

服务热线：(010) 88258888。

前　言

北京市大学生计算机应用大赛（以下简称"大赛"）是由北京市教育委员会主办的面向北京市高校大学生的学科竞赛之一。2010年的大赛是首届计算机应用大赛，主题是：3G智能手机创意设计。

大赛的目的是促进学生将理论知识结合最新信息技术发展和信息行业应用的特点，来提高学生的策划、设计、学习、协调组织和解决问题的能力，鼓励和培养大学生的创新意识、创意思维和创业能力，积极关注最新技术发展及运用所学知识进行社会实践，促进高等学校计算机相关专业教学改革，更好地培养和发现符合社会经济发展要求的优秀人才。

大赛由北京联合大学和北京高等教育学会计算机基础教育研究会共同承办，乐成3G创意产业研发基地协办。北京市教委高教处给予指导，北京市人才强教深化计划（PHR200907305）给予了支持。北京大学、清华大学、中国人民大学等20余所高校的专家设计评审指标，参与评审，使得大赛顺利举行。

本次大赛是一个开放性竞赛，开发平台及技术都紧扣最新技术发展，为学生的创新思维、创意设计提供了展示的平台，也为学生的创业开辟新的途径。

本次大赛有41所高校177个队报名，其中137个参赛队成功提交作品（本科105个，高职高专32个）。经过初赛、决赛答辩、上机测试三个环节，评出本科组一等奖6个、二等奖10个、三等奖17个、优秀奖30个、成功参赛奖42个；高职高专组一等奖2个、二等奖5个、三等奖3个、优秀奖10个、成功参赛奖12个。

为了更好地总结经验，推动大学生的创新、创意、创业教育，编者精选了部分获奖作品编纂成本书，既是对获奖学生的鼓励，也是对专家们的工作表示衷心感谢。同时也对今后师生参加3G手机学习和开发实践提供了参考。

本领域正在快速发展阶段，不断出现很多新知识、技术和应用，鉴于编者水平有限，书中可能有不当和错误之处，敬请广大师生和开发者批评指正。

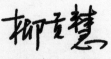

2011年5月23日

目 录
Contents

六、比赛评价体系

七、评委点评

八、技术保障工作

九、3G 手机开发平台简介

一、领导讲话

北京市教育委员会高教处领导
在北京市大学生计算机应用大赛组委会第一次会议上的讲话

会议时间：2010 年 4 月 19 日　会议地点：北京联合大学

北京市教育委员会高教处　田洪滨

首先，我非常高兴代表高教处来参加这个会，也代表高教处对大赛组委会的成立表示祝贺。我们从2006年开始，在教育部的领导下，北京市也实施了教育教学改革质量工程，其中有5大模块，15个项目，其中很重要的是如何培养大学生的实践能力、创新能力，在这里面我们也设计了几个模块，其中有一项是大学生学科竞赛。我们想通过学科竞赛这种形式，来推动我们高校的教育教学改革工作。在质量工程里，我们从2006年开始预设了12个竞赛项目，这些竞赛相对来说，涵盖的学科比较全，比如：数学、物理、化学、英语等。通过这几年的实践，这些竞赛的确给在校大学生提供了竞技的平台。通过举办竞赛，我们的确也组织老师在一起研究教育教学改革。去年开始，我们感觉这些竞赛的涵盖面可能还不够广，还是有些学生参与不进来，所以我们决定从2010年开始扩大一些竞赛的项目。

我们在今年年初，调研了解到，计算机软件类的竞赛的确没有。我们计算机教育研究会有很好的实力来承办这类大赛，经过几次沟通，我们把大学生计算机应用这个学科竞赛从今年开始列为我们质量工程的一个重要组成部分，我们感觉北京高校开设计算机相关专业的学校相当多，这项赛事开展起来一定会有很大的影响力。参加的学校多，参赛的学生多，老师也会有很高的积极性。质量工程的每一个项目都由一所学校来承办，这个大赛由北京联合大学和计算机教育研究会承办，为竞赛的顺利进行提供了机制上的保障。

这个竞赛是由政府主办的大赛，我们的基本原则是"政府主办，专家主导，学生主体，社会参与"。我们也希望看到和企业、行业的密切联系，希望企业也关心教育、关注教育。

北京联合大学为北京高等教育的普及化、为首都各行业一线输送优秀人才做出了非常大的贡献。大赛组委会设在北京联合大学，我们看到组委会的力量也非常强。我们对每项竞赛都有补贴，基础是20万元。在人员保障上，我们也感谢联合大学给予的强有力的支持。我们希望企业也多多支持我们的大赛。颁奖环节，我们会统一举办颁奖大会。在竞赛的过程中，我们也愿意为各位专家、各位老师提供优质的服务。

谢谢各位专家。

构建学科竞赛体系，培养学生综合应用能力

——2010 年北京市学科竞赛颁奖暨总结会优秀组织校代表发言

北京联合大学　黄先开

尊敬的各位领导、各位老师、同学们：

大家下午好！我很高兴能作为学科竞赛优秀组织校代表发言。

学科竞赛是考察学生学科基本理论知识和解决实际问题能力的比赛，是激发大学生的兴趣和潜能，培养团队精神和创新精神的重要途径，是学校人才培养质量的标志之一。北京联合大学非常重视学科竞赛这项工作，主管部门设在校教务处。2010年我们重点组织学生参加北京市教委或教育部主办的数学建模、电子设计、物理实验、化学实验、计算机应用等15余项竞赛，取得了较好的成绩。其中数学建模竞赛我们取得了北京市级一等奖4项、二等奖5项，物理实验竞赛取得北京市级一等奖2项、二等奖4项，计算机应用大赛取得北京市级一等奖2项，二等奖2项，全国大学生电子商务"三创"挑战赛取得国家级一等奖2项（本科、高职各1项）、二等奖1项（高职）、三等奖2项（本科、高职各1项），在智能车和挑战杯竞赛中我们也取得了较好的成绩。

学科竞赛特点就是在计划内教学内容的基础上，通过竞赛的形式，向参赛者提出一个活动主题或具有现实意义的实际问题，要求参赛者综合运用所学知识，结合查阅文献资料、运用网络搜集信息等，通过团队共同的努力协作，按照竞赛预先设定的评价标准，完成活动主题或者给出一个解决问题的方案。在一次学科竞赛的参与过程中，学生需要利用自己知识，提出问题的解决方案，并实施验证方案，完全是一个从掌握理论知识到切实解决实际问题的能力跨越的过程。同时，在竞赛中学生信息搜集能力，团队分工协作意识都会得到一个锻炼和提升，另外随着学科竞赛的开展和经验的积累，必然会促进课程体系和实践教学内容的不断改革与创新。

学科竞赛是实践教学不可缺少的重要环节，对提高学生的综合素质，培养学生的创新能力和解决实际问题的能力起着重要的作用，促进高校实践教学改革有重要的现实意义。下面我对我校的学科竞赛组织工作做如下汇报：

一、构建我校学科竞赛体系

北京联合大学近几年来致力于构建大学生学科竞赛体系，主要以政府主办竞赛项目为

主，结合协会举办的知名度高的竞赛，构建多层次、全方位、重点突出的学科竞赛体系。

1. 多层次

多层次是指参与竞赛项目的级别多层次。

目前我校的学科竞赛分三个层次：一是国家级竞赛，结合教育部、共青团中央主办的竞赛项目，我校主要参与的竞赛项目有数学建模、电子设计、智能车、广告设计、机械创新设计、节能减排、"创新 创意 创业"、文科计算大赛、"挑战杯"等。二是省部级竞赛，主要有英语演讲、人文知识、模拟法庭、物流设计等。以上两个层次的竞赛都是校级组织校内预赛，选拔参赛队参加市级、国家级竞赛。第三层次是院系组织或主办的竞赛，这类竞赛项目数量很大，层次不一，有院系组织参加的俄罗斯广告艺术大赛等国际性的竞赛，有院系组织参加协会或企事业单位举办的各种级别、形式多样的竞赛，也有院系主办的专业性较强的竞赛，如怀柔杯——首届国际大学生公益广告节、餐饮大赛等，这一层次的竞赛一般专业性较强，每个竞赛参与学生数较少。

2. 全方位

全方位是指竞赛项目的设置要面向不同专业，"点面兼顾"，保证基础的、专业的竞赛项目都有，照顾到我校所有专业的学生，完善学科竞赛体系，力争让每一个学生都有一次参与学科竞赛的机会和经历，促进学科竞赛工作得到蓬勃发展。我们学校的原则是着重组织基础或专业基础类竞赛，同时兼顾专业类竞赛。比如英语演讲比赛，人文知识竞赛，数学建模等竞赛覆盖专业面广，面向全校大部分专业的学生；物流设计、模拟法庭、化学实验等竞赛覆盖专业窄，只针对相关几个专业的学生开展。另外，院系组织的很多竞赛也是对专业类竞赛项目的有效补充。

3. 打品牌

我校结合自己学校的优势学科特色和专业特点，在学科竞赛上打出自己的品牌，这也是学校办学特色的体现。承办国家级或者省部级的竞赛，有助于推动承办校相关专业的人才培养、课程设置、教学内容和方法的改革，提高学校在本专业领域的知名度，同时对竞赛的组织能力也是很好的锻炼和提高。

2010年受北京市教委委托，我们承办了首届北京市大学生计算机应用大赛，主题是"3G智能手机创意设计"。大赛分初赛评审、决赛答辩、上机测试三个环节，分别于2010年12月5日、7日、12日在我校小营校区实验楼举行。大赛共有41所高校的177个参赛队报名，最终有36个高校的137个参赛队成功提交作品，其中本科105个，高职高专32个，大赛取得圆满成功。

学校领导高度重视此项工作，柳贡慧校长亲自挂帅，黄先开副校长和鲍泓副校长亲临指挥，从赛前秘书处例会到大赛正式举办等各个环节，进行细致入微的指导和有力的支持。为了确保大赛的顺利进行，先后组织多次校内协调会，各相关部门上下一心，通力合作，形成了以校教务处、信息学院和计算机研究会为主体，涉及校办、宣传部、团委、后勤集团、网络中心、保卫处、医务室等多个部门参与的一个协作紧密、高效率的大赛运行指挥部。大赛秘书处核心成员尽职尽责，精诚团结，指挥有效。这些都为大赛的顺利运行提供了强有力的保证。

另外，2005年、2007年我校还成功承办了两届全国大学生广告艺术大赛，这些大赛的承办提高了我校的知名度，有力地推进了我校相关专业的课程设置、实践教学内容和方法的改革。同时也锻炼我校在学生竞赛方面的组织能力。

二、完善学科竞赛管理机制

学科竞赛不是常规的教学，是一项由二级学院、老师、学生等共同参与的一项活动，涉及面很广，要保证学科竞赛有序的开展，并且能够可持续地不断完善发展，必须有一套完整的管理制度和统一的管理机构，配有相应的经费保障机制和激励机制。

1. 管理制度

我校学科竞赛由校教务处统一管理，高职处和团委分管。竞赛的具体实施实行校院两级的管理方式。每项竞赛由校级主管部门统一负责全校的竞赛组织工作，学院由院教务部门或院团委具体组织本院学生参赛。校级及以上学科竞赛由主管部门主办，由相关学院（部）承办。教务处负责制订和落实学科竞赛规章制度及奖励政策；收集、发布各类学科竞赛信息；审核各类学科竞赛文件，确定承办单位；筹措、审批学科竞赛所需经费等工作。承办单位有专人负责，负责竞赛的宣传、组织、报名和参赛；为参赛学生提供赛前训练和参赛所需的必要设备、仪器、材料和场地，组织学生按时参加竞赛；需要指导教师的学科竞赛，应指派教师具体负责参赛学生的赛前辅导和强化训练，以及参赛时的生活和安全工作等；竞赛的经费管理、竞赛的数据统计和总结工作等。

2. 经费保障

学科竞赛的经费保证，经费投入是学科竞赛能够开展的物质保证。我校设立学科竞赛专项经费，并根据学科竞赛项目的性质与规模给予必要的经费资助。我校校级竞赛2010年投入经费近100万元左右，2011年结合北京市财政专项投入经费达350万元左右，经费以项目的形式下拨给承办单位，承办学院需要提出申请，做预算，专项经费的使用按照《北京联合大学教学质量提高经费管理办法》执行。

3. 激励机制

除了以管理制度的手段来保证学科竞赛的开展以外，好的激励机制能充分调动各方面的积极性。学科竞赛激励机制应包括学生、指导老师和二级学院三部分，针对指导教师，去年我校出台了《北京联合大学教育教学奖励暂行办法》，教育教学奖励分为教学成果类、专业建设类、实践教学类、课程建设类、教材建设类、人才培养模式改革与创新类、教师类和教学管理8大类。其中对指导学生参加市教委（或委托）主办的学科专业竞赛并获得特等奖、一等奖、二等奖的，每组分别奖励1.5万元、1万元、0.5万元；指导学生参加教育部（或委托）主办的学科专业竞赛并获得特等奖、一等奖、二等奖的，每组分别奖励3万元、2万元和1万元。奖项范围由校教务处与校团委或校体委共同认定。

对参赛并获奖的学生也从物质和创新学分两方面均给予一定的奖励。获得校级一、二、三等奖分别奖励300、200、100元，获得市级奖在此基础上乘以2，国家级奖乘以3。在创新学分方面，结合我校2011版本科生培养计划原则意见，在课程体系方面搭建了通识教育平台、学科大类教育平台、专业教育平台、实践教学平台及素质拓展5个平台。其中素质拓展平台包括创新创业教育环节，主要依托教师科研项目、学生创新项目、学科竞赛、校园模拟企业、创业园区等丰富活动内容。每个学生要获得不少于2学分的"创新创业实践学分"，学科竞赛是学生获取创新学分的一个重要途径。

学科竞赛不是孤立的工作，是融合在实践教学体系中的一个环节，是培养大学生创新实践能力的一种手段。学科竞赛也应与课程体系和教学改革相结合，如把一些与竞赛有关的课程纳入教学计划，让课程和实际应用相结合，以竞赛推动教学内容、教学体系改革，以教改为学科竞赛提供更强的支持，做到教学改革与学科竞赛互动双赢，争取促进学科竞赛工作不断深化前进。

二、组委会及专家评委名单

1. 北京市大学生计算机应用大赛组委会名单

名誉主任：郭广生　北京市教育委员会

主　　任：柳贡慧　北京联合大学

副 主 任：鲍　泓　北京联合大学

　　　　　高　林　北京市高等教育学会

　　　　　田洪滨　北京市教育委员会高教处

总 顾 问：谭浩强　北京联合大学

　　　　　吴文虎　清华大学

委　　员：谢柏青　北京大学

　　　　　王行言　清华大学

　　　　　陈　明　中国石油大学（北京）

　　　　　陈朔鹰　北京理工大学

　　　　　贾卓生　北京交通大学

　　　　　马　严　北京邮电大学

　　　　　蒋宗礼　北京工业大学

　　　　　武马群　北京信息职业技术学院

　　　　　黄心渊　北京林业大学

　　　　　杨　鹏　北京联合大学

　　　　　陈荣根　乐成3G创意产业研发基地

袁　玫　北京联合大学

孙连英　北京联合大学

张富宇　北京市教育委员会高教处

宋旭明　北京市高等教育学会

秘书长：沈洪

副秘书长：宋旭明　牛爱芳　张富宇　彭涛　张静静

成　员：杨沛　罗尧　商新娜　耿凌霞　耿赛猛　王旭　刘磊

2. 初评专家名单

总负责：高　林　黄心渊（北京林业大学）

总协调：袁　玫　宋旭明

仲　裁：谢柏青（北京大学）　毛汉书（北京林业大学）　耿赛猛

第一组：

组长：陈　明（中国石油大学）

专家：姚　琳（北京科技大学）　杨皓云（企业专家）

第二组：

组长：周山芙（中国人民大学）

专家：黄都培（中国政法大学）　李　建（企业专家）

第三组：

组长：陈朔鹰（北京理工大学）

专家：高敬阳（北京化工大学）　崔宇科（企业专家）

第四组：

组长：杨小平（中国人民大学）

专家：张　莉（中国农业大学）　秦　杰（企业专家）

第五组：

组长：高　嵩（北京青年政治学院）

专家：孙践知（北京工商大学）　黄　磊（企业专家）

3. 决赛专家名单

总负责：高　林　黄心渊

总协调：袁　玫　宋旭明

仲　裁：谢柏青　毛汉书　耿赛猛

第一答辩组：

　组长：陈　明（中国石油大学）

　专家：黄都培　陈志泊（北京林业大学）　王冀鲁（北京外国语大学）

　　　　李　建（企业专家）

第二答辩组：

　组长：陈朔鹰（北京理工大学）

　专家：高敬阳　朱小明（北京师范大学）　郑莉（清华大学）　秦杰（企业专家）

第三答辩组：

　组长：杨小平（中国人民大学）

　专家：周山芙（中国人民大学）　关　永（首都师范大学）

　　　　张　莉（中国农业大学）　贾卓生（北京交通大学）　葛均荣（企业专家）

第四答辩组：

　组长：高　嵩（北京青年政治学院）

　专家：孙践知（北京工商大学）　牛少彰（北京邮电大学）

　　　　何胜利（北京外国语大学）　黄　磊（企业专家）

三、获奖名单

1. 本科获奖名单

2010 年首届北京市大学生计算机应用大赛获奖名单								
学　校	队伍名称	队员 1	队员 2	队员 3	队员 4	队员 5	指导教师	奖　项
本科组北京市一等奖名单								
北京航空航天大学	北航计算机学院一队	厉维凯	吴可嘉	郭子晨			艾明晶	北京市一等奖
北京交通大学	Starware团队	于仰民	葛畅	王星			陈旭东	北京市一等奖
北京信息科技大学	PCHHL	刘彤	潘俊杰	侯雷杰	崔啸天	黄欣宇	马力妮	北京市一等奖
北京信息科技大学	Nermal	王補平	彭宇文	杨婉秋			王亚飞	北京市一等奖
北京邮电大学世纪学院	Chaos	郝文艳	商辰	岳雨俭	郑伟鸿	周硕	陈沛强	北京市一等奖
北京联合大学	信息学院软工系-5	王雨	岳鑫	吴尚骏	章磊	马文静	马楠	北京市一等奖
本科组北京市二等奖名单								
北京师范大学	ProMe	饶俊阳	崔振锋	胡久林	方浩		孙一林	北京市二等奖
中国矿业大学（北京）	小虎队	裴嘉兴	李浒	姜恒	王锴	黄志	徐慧	北京市二等奖
北京林业大学	第六感	于潇翔	陈树	李杰			蔡东娜	北京市二等奖
北京联合大学	DreamWalker	姜军	傅天隆	吕轩	任敬地		梁军	北京市二等奖
北京信息科技大学	BISTU1	张青政	晏冉	赵业	王紫瑶	王韬	李学华	北京市二等奖
北京信息科技大学	WCS	李伟达	林啸	王祎辰	李长顺		王亚飞	北京市二等奖
北京印刷学院	Hikers	王伟奇	李潇奕	缪林志	康然	李梦颖	杨树林	北京市二等奖
北京邮电大学世纪学院	Android小能手	王辰	王一然	孙昂	张彦超	唐胜华	陈沛强	北京市二等奖
中国传媒大学	C2	周俊	田浩	王琳琳	许镇	范平泽	扈文峰	北京市二等奖
北京联合大学	G3无限	郝凌冰	马一博	张龙	谢万万		娄海涛	北京市二等奖
本科组北京市三等奖名单								
北京交通大学	GLZ	周渊皓	罗静	郭振			孙永奇	北京市三等奖
北京邮电大学	Flood2	卢佳孟	池梦溪				贾云鹏	北京市三等奖
北京科技大学	MyFate	蒋家福	殷卓	高品	伍桂花		段世红	北京市三等奖

续表

学　校	队伍名称	队员 1	队员 2	队员 3	队员 4	队员 5	指导教师	奖　项
2010 年首届北京市大学生计算机应用大赛获奖名单								
北京科技大学	JQ	刘　杰					万亚东	北京市三等奖
北京化工大学	PuffingWorks	左国义	严　寒	郑　建	赵　琪	苗可可	袁洪芳	北京市三等奖
北京城市学院	Forerunner	唐岳峰	许　柯	凌叶红	吕　菁	程　多	郭乐深	北京市三等奖
北京印刷学院	Moving	张　凯	廖　鹏	邢　杨	胡星昱	任竹凌	杨树林	北京市三等奖
首都师范大学	2队	杨家一	丁日峰	管宏蕊			骆力明	北京市三等奖
北京建筑工程学院	建工巅峰队	贡丹萍	王梓旭	李小乐			周小平	北京市三等奖
北京物资学院	快乐生活团队	曹　欣	高佳誉	祁葛静	于　婷	黄　蕾	张　燕	北京市三等奖
北京电子科技学院	Best I 团队	王皓淼	叶凌宇	林臻翔	许　真	公月婷	赵绪营	北京市三等奖
北京联合大学	心语背包开发团队	王汕汕	王　鼎	周　林	李长军	阳　平	张　姝	北京市三等奖
北京信息科技大学	NUT	刑志聪	孙克诚	武文斌	张若纯	贾　铮	李振松	北京市三等奖
北京工商大学	梦9队	吕现磊	赵　威	戴　莱	董纪琛	杨敏行	谭　励	北京市三等奖
北京印刷学院	英娱	胡　莹	汪　辰	尚　斌	张婷婷	崔赫天	杨树林	北京市三等奖
北京工商大学	e-shine	孙浚锋	高　洁	刘可新	何　鑫	罗紫霜	刘蓓琳	北京市三等奖
北京联合大学	机电学院2队	张　博	刘　峰	曾智威	陈　旭		唐　武	北京市三等奖
本科组北京市优秀奖名单								
北京工业大学	丑小鸭队	吴汉乔	赵玉昆	沈　岳	李宝丰	安福鹏	范青武	北京市优秀奖
北京交通大学	飞鹰小组	李雪英	任红伟	苏　梦				北京市优秀奖
北京交通大学	狂奔的蜗牛	纪　全	宋　阳	崔龙海			孔令波	北京市优秀奖
北京信息科技大学	09一队	于文鹏	唐安杰	荆　逾	梁金柱	曹天野	秦奕青	北京市优秀奖
北京城市学院	08软本一队	郭玉沛	王霄野	张　洋	李同济	陈　峥	苏良缘	北京市优秀奖
北京城市学院	特洛伊3Q	李　萌	王　琦	韩　义	周小欣	梁　晨	郭乐深	北京市优秀奖
中国矿业大学（北京）	明素队	张光宇	严谨明	赵　彦	周忠军	孙　琪	徐　慧	北京市优秀奖
中国矿业大学（北京）	GG队	梁孔明	马新民	孙玉武	贾瑨琛	张　宾	徐　慧	北京市优秀奖
北京电子科技学院	雄鹰团队	林　涛	王　鹰	马天弈	吴　夕	肖子淙	段晓毅	北京市优秀奖
北京联合大学	文理学院1队	付　裕	王西岳	廖　丹	陈宏宝	朱　芸	聂清林	北京市优秀奖
北京工业大学	沃斯特队	马　健	王亚利	刘静璐			于学军	北京市优秀奖
北京交通大学	ForDream	黄明恩	施凯伦	付　华	刘明雨		孔令波	北京市优秀奖
北京邮电大学世纪学院	十日（Tendays）	蒋　轩	王　康	王　虹	戴安邦		陈沛强	北京市优秀奖

续表

学　校	队伍名称	队员1	队员2	队员3	队员4	队员5	指导教师	奖　项
			2010 年首届北京市大学生计算机应用大赛获奖名单					
北京联合大学	信息学院计算机工程系4队	裴亚伟	李骁然	易璐璐	赵　杰	许曼华	沈　辉	北京市优秀奖
北京联合大学	信息学院计算机工程系5队	邱正强	胡　玥	洪明萱	王　星		孙　悦	北京市优秀奖
北京林业大学	Black Stone	付　晨	童玉宾	马天林	王娅敏	李淑娟	靳　晶	北京市优秀奖
北京林业大学	四维盒子	青　柏	李　蔚	汪宝佳	王　祎		靳　晶	北京市优秀奖
北京信息科技大学	BTSTU3	何　健	王　欣	马　凯	田静波	刘　哲	李学华	北京市优秀奖
中国农业大学	CHL	陈羊阳	郝峰峰	梁东昭	李勇忠	陈南欣	雷宏洲	北京市优秀奖
北京联合大学	点亮手机	胡长利	张　聪	李　爽	石　硕		张　欢	北京市优秀奖
北京信息科技大学	BT535	田学朋	姜奇辰	王自然	黄　严	郑　程	马力妮	北京市优秀奖
国际关系学院	舞动奇迹	巫志文	潘　天	权　勇	张子路	张　晔	周延森	北京市优秀奖
北京建筑工程学院	建工之星队	王皓宇	王　磊	孟晓黎	魏　猛		马晓轩	北京市优秀奖
北京城市学院	太空人	宋晓波	王　奇	刘海波	朱　琦	付晓璐	章曙光	北京市优秀奖
北京语言大学	WonderWare	张　硕	杨　琳	丁俊玮			安维华	北京市优秀奖
首都经济贸易大学	3rdGenerationGeniuses	桑亚萨	王秀峰	施凯英	童晨宇	谢雨熹	高志斌	北京市优秀奖
中国传媒大学	践行者	刘作程	赵小明	曹　娟	刘俊章	陈军峰	扈文峰	北京市优秀奖
中国传媒大学	始发站	沈延斌	方　驰	郑　楠			扈文峰	北京市优秀奖
中国地质大学（北京）	FairyTail	吴　萌	刘富坤	林诗健			李梅	北京市优秀奖
北京电子科技学院	五子棋	郭子峰	镡皓琳	刘倩雯			钱　榕	北京市优秀奖
本科组北京市成功参赛奖名单								
北方工业大学	冬之伊甸	李西诺	许　楚	朱　涵	周　全		马　礼	北京市成功参赛奖
北方工业大学	火岚刀锋	薛　晨	张　跃	郝　恺			马　礼	北京市成功参赛奖
北京物资学院	陆地是艘船	苏　祥	金佳兴	王　曦	盛泽恩	任　同	张　燕	北京市成功参赛奖
北京物资学院	安卓拓荒者	张　跃	王　杰	马慧群	刘　洋		张　燕	北京市成功参赛奖
北京邮电大学世纪学院	Breaker	高　敏	刘玉婷	张春晓	卫　巍	王　青	祝　凯	北京市成功参赛奖
北京邮电大学世纪学院	孟加拉老虎队	安　逸	侯　维	陈　颖	李娜娜		陈沛强	北京市成功参赛奖
北京邮电大学世纪学院	Excalibur	刘小龙	倪　凯	王　超	高　曦	熊　菁	陈沛强	北京市成功参赛奖
北京电子科技学院	HelloAndroid	李睿捷	孙伟仲	谌　鑫	崔晶华		张克君	北京市成功参赛奖

续表

学　校	队伍名称	队员1	队员2	队员3	队员4	队员5	指导教师	奖　项

学　校	队伍名称	队员1	队员2	队员3	队员4	队员5	指导教师	奖　项
北京工商大学	AndroidEnjoyer	马驰骋	刘璠	钟华	商志强	杨珂	莫倩	北京市成功参赛奖
国际关系学院	闪电队	陈晓伟	黎嵩川	孙谋	唐宗骏	关世明	周延森	北京市成功参赛奖
中央民族大学	华兴队	燕振龙	梁琪	范博	孙小喻		程卫军	北京市成功参赛奖
北京工商大学	信之炫	欧阳雯	谭旸旸	王强	黄富磊	陈宝花	杨伟杰	北京市成功参赛奖
北京化工大学	CrazyCat（疯猫）	陈成	毛世行	库知文	陈喜斌	张阳		北京市成功参赛奖
北京林业大学	Wonderland	刘奕君	孙雪梦	何柳			靳晶	北京市成功参赛奖
北京石油化工学院	普吉斯特	段艾伦	刘建家	高梁	朱凯	李润龙	赵国庆	北京市成功参赛奖
首都经济贸易大学	A.It	刘森	秦文博	王健飞			赵丹亚	北京市成功参赛奖
首都师范大学	攀爬蜗牛	焦璐林	张海龙	邓晓遥			骆力明	北京市成功参赛奖
中国地质大学（北京）	我心飞翔	姚永波	项彤	王俊	王亚飞	李芳	李梅	北京市成功参赛奖
中央民族大学	Sunshine	莫国强	张毫	高原	李婵怡		程卫军	北京市成功参赛奖
北方工业大学	啄木鸟	史伟泽	朱宇霖	王明熠	何晓楠	梁潇	胡燕	北京市成功参赛奖
北京物资学院	TIP5	孙金秀	张莹	刘志昆	许海涛	吕彩燕	于真	北京市成功参赛奖
北京城市学院	08软本二队	黄胜	刘然	肖丰	王镇		苏良缘	北京市成功参赛奖
北京工业大学耿丹学院	浪迹天涯	曹浪	邹荣胜	胡笑宇			方红琴	北京市成功参赛奖
北京工商大学	ThinkTeam	郑雅	熊亚伶	杨继成	赵小龙	宗原	陈红倩	北京市成功参赛奖
北京电子科技学院	乐自由我手机游戏开发小组	黄朴醇	曹骅	孟庆禹			刘瑾	北京市成功参赛奖
北京电子科技学院	2012团队	王弘远	谭劲骅	陈兵	外力阿不力米提			北京市成功参赛奖
首都师范大学	085电子	韦冰	孟悦	吕静			骆力明	北京市成功参赛奖
北京邮电大学	bill	盛晶晶	郑宸	孙浩惠	李为	赵孟瑶	贾云鹏	北京市成功参赛奖
北京工商大学	SAOEST	王思田	陈莹	张小驰	孙鹏华	李正	于重重	北京市成功参赛奖
北京物资学院	蔬果对对碰	陈晓庆	楼聪	许慧			李俊韬	北京市成功参赛奖
北京电子科技学院	DKY团队	李达	籍一宸	王日彬	于尔默		章小莉	北京市成功参赛奖
北京信息科技大学	09二队	尹家宝	周露崛	李静波	于雪	高琦	牟永敏	北京市成功参赛奖
北京联合大学	pioneer	何均辉	程宏伟	高云			李京平	北京市成功参赛奖
北京工业大学	07信管队	王然	张晨辉	孟伟	王铮		郑鲲	北京市成功参赛奖
北京城市学院	Elite联盟	李蕊	郭潇	王琪蚰	夏天翔	贾婷	李利	北京市成功参赛奖

续表

\multicolumn{11}{c}{2010 年首届北京市大学生计算机应用大赛获奖名单}

学　校	队伍名称	队员 1	队员 2	队员 3	队员 4	队员 5	指导教师	奖　项
北京城市学院	G3home畅想人生	史喜平	李旺林	行雁飞	高得胜	王　巍	李爱兰	北京市成功参赛奖
北京城市学院	Big5（五巨头）	潘　源	刘志龙	刘　博	王轩宇	朱龙飞	章曙光	北京市成功参赛奖
北京城市学院	Wonder工作组	张　森	高　宝	何思宁	温茂涵	安江华	李爱兰	北京市成功参赛奖
北京语言大学	火焰之歌	费颖颖	湛若琰	肖　军	雷　云	黄　屹	安维华	北京市成功参赛奖
北京工商大学	DAYDAYUP	魏雪瑶	季　然	张　晨	刘琳娜	王天尉	刘　杰	北京市成功参赛奖
北京林业大学	章鱼海	何秋海	于津浩	张妍冰			靳　晶	北京市成功参赛奖
北京航空航天大学	北航计算机学院二队	杨博洋	张　凯	朱耿良			艾明晶	北京市成功参赛奖

2. 高职获奖名单

2010 年首届北京市大学生计算机应用大赛获奖名单								
学　校	队伍名称	队员1	队员2	队员3	队员4	队员5	指导教师	奖　项
高职高专组北京市一等奖名单								
北京信息职业技术学院	北信软件7队	刘　颖	张　晶	徐　奕	孙　毅		郑淑晖	北京市一等奖
北京联合大学	Blooming	宫殿琦	张励涛	崔筱婧	汪天祺	刘敬茹	肖　琳	北京市一等奖
高职高专组北京市二等奖名单								
北京信息职业技术学院	软件1队	高　强	李国梁	田英杰			齐　京	北京市二等奖
北京信息职业技术学院	软件6队	阮元元	张　捷	张雨萌	高　祥	李　周	赵亚辉	北京市二等奖
北京北大方正软件技术学院	软件技术1队	赵守磊	薛光甫	华　琼	文　莉	韩晓旭	刘　辉	北京市二等奖
北京电子科技职业学院	J2ME手机游戏开发小组1	孟　川	李　金	金　山	董世俊	关　珺	徐红勤	北京市二等奖
北京电子科技职业学院	J2ME手机游戏开发小组2	刘秋男	赵　颖	王　澎	梁　磊	徐腾蛟	杜　辉	北京市二等奖
高职高专组北京市三等奖名单								
北京北大方正软件技术学院	软件技术4队	吴　岳	张铭哲	陈缓缓	李　宁		宋远行	北京市三等奖
北京北大方正软件技术学院	游戏软件2队	廖星楠	刘宇航	李强胜	王　静	崔悦杨	宋　丽	北京市三等奖
北京电子科技职业学院	WindowsMobile开发小组	孙　震	赵宝光	邓萌萌	徐　琳	李雪梅	王　萍	北京市三等奖
高职高专组北京市优秀奖名单								
北京北大方正软件技术学院	软件技术6队	郭云峰	范建献	徐榕京	翁耕烁		王颖玲	北京市优秀奖
北京北大方正软件技术学院	软件技术7队	华伟光	林师授	冯　硕	郭向阳	安俊哲	王永茂	北京市优秀奖
北京信息职业技术学院	软件2队	邹玉龙	王旭颖	王　鹄	白亚庚		齐　京	北京市优秀奖
北京信息职业技术学院	软件4队	成家翔	孙婧雅	杨　庆	王　成		付　强	北京市优秀奖
北京信息职业技术学院	软件5队	胡天麒	张　忠	王行涛			范美英	北京市优秀奖

续表

2010 年首届北京市大学生计算机应用大赛获奖名单								
学　　校	队伍名称	队员 1	队员 2	队员 3	队员 4	队员 5	指导教师	奖　项
北京北大方正软件技术学院	软件技术2队	李轶强	魏雪峰	姚雪君	赵雅丹	陈炫逸	董小园	北京市优秀奖
北京科技职业学院	工学院软件应用教研室	李秀娟	陈泳霖	余 丰			李建瑜	北京市优秀奖
北京政法职业学院	创艺特工	薛紫恒	杨 振	李羚月	殷 凯	崔建霞	孙 昱	北京市优秀奖
北京政法职业学院	Zym1小组	张冉冉	卢鑫亚	满添阳	赵 月	杨 松	孙 昱	北京市优秀奖
北京政法职业学院	盛六合队	赵 珅	杨冬梅	张 远	盛 鑫	蔡王擎	孙 昱	北京市优秀奖
高职高专组北京市成功参赛奖名单								
北京北大方正软件技术学院	软件技术3队	齐豪杰	范中省	李本站			董正发	北京市成功参赛奖
北京北大方正软件技术学院	软件技术5队	葛玉倩	赵立阳	刘凯敏	张 涛	郭永胜	宋远行	北京市成功参赛奖
北京北大方正软件技术学院	软件技术8队	黄 杰	艾 洋	高 扬			钟 霖	北京市成功参赛奖
北京北大方正软件技术学院	游戏软件1队	郝 赫	高一雄	孙庆涛			姬昕禹	北京市成功参赛奖
北京科技职业学院	工学院软件应用教研组	李意江	王源斌	张 拓			赵祥玲	北京市成功参赛奖
北京农业职业学院	北京农业职业学院信息技术系	刘启帆	杜 鹏	杜若凡	李雨霏	杨 妍	赵妍彦	北京市成功参赛奖
北京信息职业技术学院	软件3队	陈开仡	赫 勇	支 爽	赵末末		张晓蕾	北京市成功参赛奖
北京政法职业学院	放飞梦想	张久双	马 玉	王 迪	邱浩锋	张连伟	孙 昱	北京市成功参赛奖
北京政法职业学院	Mr.mr	张腾蛟	王志超	郭轩丞	曹化巍	张柯鑫	孙 昱	北京市成功参赛奖
北京劳动保障职业技术学院	计算机应用一队	李 绮	李海军	王 莽	慈 萌		何福贵	北京市成功参赛奖
北京劳动保障职业技术学院	计算机应用二队	扬 雪	张跃阳	海 朋	王 洋	李兴赫	李智广	北京市成功参赛奖
北京劳动保障职业技术学院	计算机应用三队	王 萌	徐 蕾	姜 华	王文松	张 萌	何福贵	北京市成功参赛奖

四、获奖团队

2010 年首届北京市大学生计算机应用大赛优秀组织奖

北京交通大学

北京林业大学

北京信息科技大学

北京联合大学

北京工商大学

北京邮电大学世纪学院

北京城市学院

北京信息职业技术学院

北京北大方正软件技术学院

五、获奖作品

作品1 综合微博

获得奖项

本科组一等奖

所在学校

北京航空航天大学

团队成员及分工

吴可嘉：组长，实践能力强，曾参与过一些软件的开发。负责分配任务、UI界面的编写，以及对软件的细节进行完善。

郭子晨：具有出色的代码能力和逻辑思维能力，善于攻克难题。负责软件整体架构、UI界面的编写、管理界面部分功能的编写。

厉维凯：有很强的创新能力，以及一定的代码能力，文档主力设计编写者。负责主界面的修改及软件效果美化。

指导教师

艾明晶

作品概述

现在互动平台已经成为了每个年轻人交流的必备手段之一，而微博的出现，更加迎合互动平台的互动性、及时性等特点。我们的"综合微博"应用是基于新浪微博、搜狐微博、嘀咕网等开放的API开发的客户端，可方便快速收发，访问不同的微博，快速实现手机与网络的交流。

作品功能

功　　能	功能描述
微博选择	在登录界面我们可以自由选择登录的方向，而且我们正在努力完成同时登录不同微博的功能
发布消息&浏览状态	通过手机微博可以随时随地地发布消息和浏览状态，同步刷新功能能让你实时掌控第一手信息
管理	自主定义一些信息，比如自动登录等功能，或者管理自己的个人信息

作品特色

该软件所有代码完全由我们自主开发，可能会有后续的升级工作。该"微博综合客户端"是基于微博API开发的手机微博客户端，更好地实现了微博的及时性和互动性，能让我们随时随地处于发布状态，与朋友进行交流。我们的手机微博客户端综合了几大主流微博平台，不需要再针对单个微博平台下载客户端。

作品原型设计

实现平台：Android

SDK版本号: 2.1

屏幕分辨率：$\geqslant 320 \times 480$

手机型号：只要是Android系统并且屏幕分辨率$\geqslant 320 \times 480$的手机型号都适用综合登录界面，在这里输入用户名和密码。"收起"用户名、密码可以看到许多微博名称，我们在这里可以随意选择登录方向。当用户登录成功后，进入访问微博界面，该界面又分为"微博广场"，"我的首页"和"我的微博"三个标签页，用户可自行选择。在该界面下用户还可单击菜单键弹出菜单，可进行写微博和刷新的操作。

难点分析

在实现人机交互的时候（发布状态&保存密码），总会弹出一些错误。在实现同时登录时，需要增加标签实现多个平台的信息更新，非常难实现。

作品 2　Group Radar

获得奖项

本科组一等奖

所在学校

北京交通大学

团队成员及分工

葛　畅：做事认真负责，点子颇多，热爱移动互联网，特别是大规模数据处理和分布式计算。在Group Radar中负责架构设计和服务器的开发。

于仰民：聪明能干，做事踏实负责。热爱前沿技术，对技术狂热，立志于Android的开发，在Group Radar中负责UI设计和客户端开发。

王　星：认真踏实，兴趣广泛。热爱移动平台的相关技术，在Group Radar中协助客户端和服务器端的开发。

指导教师

陈旭东

作品概述

Group Radar是基于Google Map的多人实时定位和即时通信系统。目前我们已经实现了基于Android2.0平台的版本。能够实现以下功能。

- 建立群组：专属您和好友的空间。组内可以聊天、通话、显示每个人的位置。

- 即时通信：一对一，一对多的即时通信功能，除了传统的文本信息外，还能够发送图片、音频和视频。

- 显示好友位置：利用Google Map 实时按照用户意愿显示自己和好友的位置。

- 位置查询：提供按经纬度、地址信息查询功能。

- 路径规划：如何找到好友或者某地的位置。

作品功能

Group Radar的功能主要集中在五个方面：群组建立、即时通信、多人位置显示、位置查询和路径规划。对于不同的功能，我们用不同的应用场景来描述：旅游必备、救援求助、监护功能、即时通信。

作品原型设计

运行程序，出现登录界面，如果想创建群组，从菜单里选择新建群组功能，输入群组信息后，单击"创建群组"，提示成功后就能在登录界面内显示刚才成功创建的群组。

登录界面

新建群组

如果加入某一个创建好的群组，在登录界面内输入个人信息和群组密码，单击登录，提示成功后就进入程序主界面。在程序主界面菜单有"好友列表"、"群组消息"等选项，分别代表不同功能。

选择群组　　　　　　　　　　　　成功登录

当选择"好友列表"时，可以看到当前登录的好友；当选择"好友选择显示"时，可以选定是否选择显示某一好友的地理位置；当选择"群组消息"时，可以发送群组消息；当选择"帮助"时，可以显示软件帮助。

好友列表　　　　　　　　　　　　好友选择显示

发送群组消息　　　　　　　　　　软件帮助

从"好友列表"里选择某一好友时，能显示好友详细信息。

好友信息对比显示

具有给好友发送消息和拨号功能，消息发送方发送消息后，消息接收者提示收到消息。

发送消息对比显示 1

发送消息对比显示 2

可以发送文件如下所示。

打开或传送文件图

浏览手机内的文件

位置查询方式，分别是按照地址查询、经纬度查询来查询我的位置。

位置查询

按地址查询

经纬度查询

我的位置

路径实现两种功能：手工输入目的地的路径规划，与好友间的路径规划。

手工输入目的地　　　　　　与好友的路径规划

从"好友选择显示"中选择想显示的好友，显示位置如下图所示。

路径规划　　　　　　　　　多人定位

作品 3 Help Wanted

获得奖项

本科组一等奖

所在学校

北京信息科技大学

团队成员及分工

潘俊杰：小组组长，为人认真负责，不乏幽默。负责市场分析、资料查询、分配任务及管理界面的部分功能。

刘　彤：技术总监，编程主力之一，深不可测的技术实力。负责创意提出、Morse转译、数据库等核心部分编写。

黄欣宇：经常连刷数夜的技术狂人。负责程序整体架构，紧急求救等重要部分编写。

崔啸天：审美不错，歌也唱得不错。负责文档编写，部分图片的收集，设置界面的处理，细节的完善。

侯雷杰：朝气蓬勃的大一新生，玩转各个系统。负责图片素材的收集制作，界面美化，后期的程序测试。

指导教师

马力妮

作品概述

我们设计的这款软件的名字是Help Wanted，当人们遇到紧急情况需要帮助的时候，可以通过摇晃手机进行紧急短信发送（包含预设信息，同时包含所在地点GPS信息）、紧急呼叫来向预设的联系人进行快速求助。 同时可以发送Morse转译的信号（振动，声音）向周围发出求救。

（1）在遇到浓雾或黑夜时，用红光进行预警、拦车、照明等操作。

（2）随时随地进行方向辨认的精美指南针系统。

可行性分析

现阶段，手机性能提升很快，智能手机用户逐渐增多，非常必要适时推出一款手机救援系统。手机用户很大程度上并没能很好理解智能手机的各种功能，而这款软件给用户人身安全加上一层保险的作用必然会让大众耳目一新，它能切实地改善我们的生活。

此产品为自由软件，免费提供给有需要的人士使用，同时通过Morse码转译、GPS定位、紧急求救等专业、细致的功能来更好地吸引用户，通过反馈积极进行版本迭代。

我们在日常琐事中也力求给用户更好的体验：例如加入了人性化的照明、罗盘功能。

我们的计划如下。

第一步：我们完善自己的功能，发展服务端。关心相关行业软件信息，与时俱进。

第二步：加入与大灾专业救援队、救援设备的交流功能。加强自己客户群的互助功能。以优良的体验效果吸引新老用户。

作品功能

功　　能	功能描述
紧急联络模块	由联系人、紧急操作设置、紧急联络组成 联系人在紧急操作设置中设置完后，可以通过摇晃手机在紧急联络中进行紧急求救操作
Morse码转译	通过输入任意字符，或预存的SOS进行基于Morse码的音频加振动效果，从而进行信息的交流
照明	单击开启，同时弹出提示所采用颜色的相关提示
罗盘定位	由刻画的动态罗盘图形进行方向辨别
GPS定位	可随时获取自己GPS信息，同时进行发送

作品特色

- Morse码转译：用户可以输入任意想要表达的英文信息（2.0版本提供中文转译功能）进行Morse码转译，达到发送救援信息的目的。

- 摇晃进行紧急发送、紧急呼出，达到快速高效的求救。

- 在振动、音频设置中可进行两者自由转换，或同时开启。同时对SOS信号进行特殊保存。

- 罗盘通过仿真指南针给人亲切的感觉，如实物在手。

- 进行各种操作进行人性化Dialog提示。

- 通过各种细节及情景的考虑，我们打造出了一款功能强大，风格独特的Help Wanted。

作品原型设计

实现平台：Android

屏幕分辨率：≥320×480

手机型号：只要是Android系统并且屏幕分辨率≥320×480的手机型号都适用。

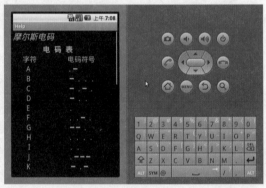

主界面：包含进入Morse模块、紧急求救模块、照明模块、罗盘模块、联系人设置、帮助的相应按钮。拥有菜单选项功能。

帮助界面：含有Morse码转译的相关帮助信息。

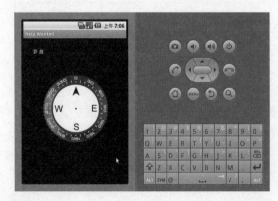

Morse码模块：进行Morse码转译及求救方式的控制，输入框输入需要转译的字符，通过下面按钮调节方式。

罗盘模块：进行方向辨别，图中文字处显示偏移角度。

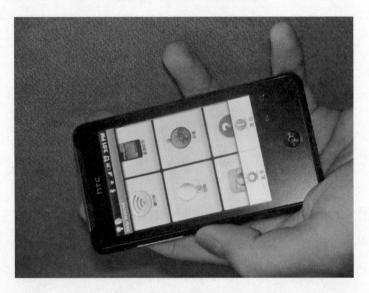

真机运行图：分别为主界面和紧急联络模块的设置界面。

作品4 水墨丹青

获得奖项

本科组一等奖

所在学校

北京信息科技大学

团队成员及分工

王補平：项目组长，负责主程序编写、美工制作。主要实现毛笔仿真、墨色及颜色的改变。

彭宇文：负责控制程序编写、项目测试。主要实现绘画过程中的撤销与恢复；作品的保存与读取、发送与分享。

杨婉秋：负责UI设计、美工制作、文档编写。主要实现菜单页面布局及按钮响应。

指导教师

王亚飞

作品概述

我们设计的这款软件叫做"水墨丹青"，从名称上就能感受到它浓厚的中国文化气息。这是一款中国画仿真绘图软件。

与同类绘图软件相比，我们的不同之处也是独特之处就在于，我们要让用户体验到手指也能当毛笔，屏幕亦能做宣纸的真实绘画感受，即手指在屏幕上绘出的笔画也会出现如同墨水在宣纸上晕开的独特效果。用户还能够体验到毛笔蘸水——墨色变淡、颜料混合——出现新色、行笔变化——"墨"趣横生等真实的绘画效果。

与传统绘画相比，人们不再需要准备繁杂的绘画工具，不再需要若干个小时的空闲时间，不再需要担心飞溅的墨汁会染脏家具，不再需要大量的宣纸作为绘画的代价。有了"水墨丹青"，画国画变得简单方便、低碳环保、趣味无穷，我们在陶冶情操的同时也将中国的传统文化发扬光大。

我们的软件填补了毛笔仿真在绘画软件市场的空缺，让更多的人能够随时随地地感受到国画的魅力。同时，与现在高速发展的移动网络相结合，用户可以将自己的作品通过彩信、邮件与亲朋好友一同分享，或者上传到博客和各大社交网站，以画会友，在展示自己绘画作品的同时，还能结识到更多热爱中国传统文化的朋友。

可行性分析

（1）技术可行性分析

"水墨丹青"应实现如毛笔笔迹仿真、墨迹颜色变化仿真、颜料混色仿真等真实的绘画效果，给予用户真实的操作体验；同时还应做到绘画操作的撤销与恢复，减少传统绘画练习中大量的宣纸开销，普及低碳环保的理念；实现画作的读取与保存，让一幅画可以分多次完成，用户不必因没有足够的绘画时间而烦恼；提供随时随地的网络分享功能，与3G互联网完美结合，为传统文化真正走上科技的舞台贡献一份力量。

（2）市场前景分析

"水墨丹青"让生活节奏快速的人也能在闲暇之余体会到中国国画的博大精深。公交车上、地铁里，工作之余、课间休息，用户在陶冶情操的同时也能增加个人的文化素养。更重要的是，其真实的毛笔墨迹仿真，能够让用户在手机上也能感受到真实作画过程中笔墨变化的乐趣，这也是其他绘画软件所不能办到的，这便是"水墨丹青"这款软件最大的卖点所在。

现如今，中国风席卷全球，越来越多的外国人开始学习和研究中国的文化，而"水墨丹青"正好可以迎合他们的需要，只需将它下载到手机上，就可以在大洋彼岸感受到浓浓的中国文化气息。

作品功能

功　　能	功能描述
毛笔墨迹仿真	①手指在屏幕上画出的笔迹会出现如同墨迹在宣纸上晕开的独特效果 ②仿真毛笔蘸水后，墨色会变淡
仿真颜料混合效果	两种颜料混合，会呈现新的颜色

续表

功　　能	功能描述
方便的控制操作	①可实现多步的撤销与恢复 ②对画作可进行保存与读取，一幅画作可以分多次完成
实时分享体验	与3G互联网结合，可实现作品的彩信发送、邮件发送、网络实时发布等共享功能

作品特色

（1）毛笔墨迹仿真。用手指在屏幕上绘画能够体验到与毛笔在宣纸上绘画同样的感受，如绘画笔迹会呈现如同墨迹在宣纸上晕开的效果，行笔快慢会呈现如同毛笔一样粗细不同的笔迹。以下两幅图是一般绘图软件笔迹与"水墨丹青"笔迹的比较。

一般绘图软件笔迹

"水墨丹青"笔迹

（2）墨色变化仿真。单击笔洗，会将墨色减淡，单击砚台，模拟蘸墨效果，墨色（黑色）会加深，给用户以真实方便的操作体验。

（3）颜料混色仿真。根据国画颜料的特性，制作出同样可以进行混色的颜料系统。单击颜料盒便会弹出颜料小抽屉，单击相应颜料再单击调色盘，颜料便会出现在调色盘上，将不同颜色的颜料放在同一个调色盘上，还能进行颜料的混合调色，为操作增添了乐趣。

（3）撤销与恢复的实现。与传统国画创作不同的是，在"水墨丹青"中可以实现多步的撤销与恢复，让国画创作也可以反复修改，而不必因为一笔画错而扔掉整张画纸。同时也宣传了低碳生活的环保理念。

（4）毛笔状态选择。在主界面可进行毛笔大小、颜色与墨色深浅的选择，并在窗口中呈现出当前画笔状态，方便用户选择。

（5）可变视角观看。通过菜单还可看到自己的画作装裱进画轴的远观效果，便于布局。

（6）与3G网络完美结合。可将作品发布到网络中随时随地与亲朋好友进行分享。

（7）教学动画。生动地为用户讲解"水墨丹青"的操作，让用户用得得心应手。

作品原型设计

实现平台：Android

屏幕分辨率：320×480，480×800

手机型号：装有 Android 2.1以上系统的手机

开始画面和主界面如下图所示。

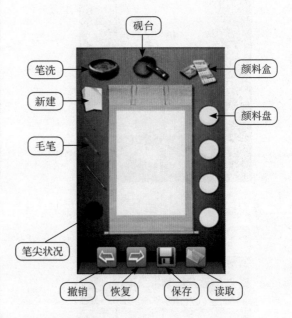

砚台

笔洗　　颜料盒

新建　　颜料盘

毛笔

笔尖状况

撤销　恢复　　保存　读取

绘画界面，单击主界面中央的画卷，进入绘图界面。

绘画过程中按Menu键可返回主界面进行操作，作品会呈现在画轴中。主界面操作之毛笔，单击不同大小的毛笔，能够实现不同类型毛笔的绘画特点。

主界面操作之砚台、笔洗，单击笔洗后，毛笔蘸水后笔尖当前颜色会变淡；单击砚台后，笔尖墨色会加深。

主界面操作之颜料选择，首先单击颜料盒选择颜料，然后单击颜料盘，颜料会被挤入盘中，再单击相应的颜料盘，可以把盘里的颜色设置为当前毛笔上的颜色。颜料盒中抹布

的功能是擦除颜料盘中的颜料。

　　主界面操作之新建，单击新建，会出现是否新建的提示，如图片未保存，还会出现是否先保存图片的提示。新建后出现新的画布。

 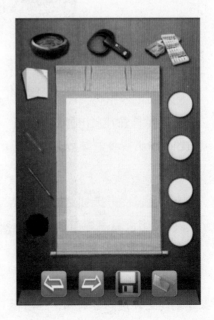

　　主界面操作之保存与读取如下图所示。

菜单功能，主界面按menu键出现菜单选项。

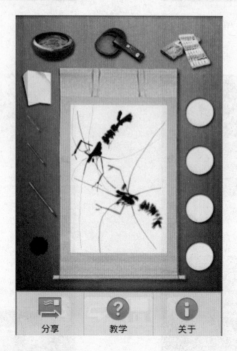

菜单功能之发送与分享如下图所示。

　　菜单功能之教学动画，单击教学，会有生动的动画出现，向用户认真讲解"水墨丹青"的各项功能操作。

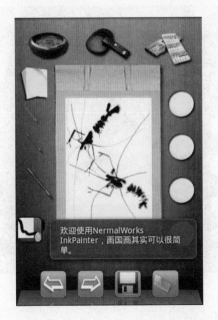

　　菜单功能之关于，关于中介绍了"水墨丹青"的版本号与它的制作团队，以及Nermal团队要感谢的北京信息科技大学以及爱我们和我们爱的人。

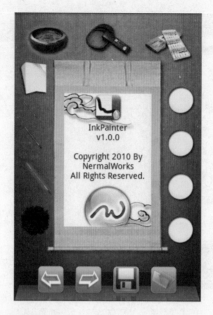

使用"水墨丹青"绘制的作品展示如下图所示。

梅花　　　　　　　　　　虾　　　　　　　　　　松树

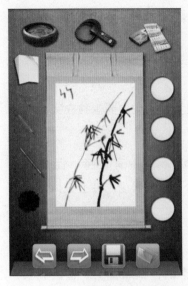
竹子

牵牛花

群山

熊猫和竹子

难点分析

现今的手机市场各种软件层出不穷，我们抓住了其中有关传统文化的空缺，将中国国画与智能手机相结合，实现毛笔墨迹仿真，让用户感受到随时随地都可以画国画的快感与乐趣。我们与其他绘图软件不同也是最大的创意就在于，我们要让用户每次使用"水墨丹青"时都能够体会到自己就是在用毛笔在宣纸上做画的真实感受。

在实现"水墨丹青"的过程中，主要有以下技术难点。

（1）毛笔仿真

尽管现在毛笔仿真技术已经比较成熟，但是对于在读的我们来说，要想独立实现，还是有一定难度的。

OpenGL ES是OpenGL的一个嵌入式版本，在Android SDK中有支持。但是由于Android平台仍比较新，有关Android平台上OpenGL ES的资料非常少。并且在Java端使用OpenGL ES，效率也并不是太高。

（2）控制部分

撤销恢复是控制部分的一个难点。整个绘图过程是动态的，墨点粒子会随机扩散，因此难以记录一次绘画事件（从用户触摸屏幕时至用户手指抬起）中新绘制墨点的位置与状态信息。读取部分的问题是当读取的图片太大时，在内存较小的手机里容易造成内存溢出。

（3）美术设计

一款软件是否受欢迎，很大程度上取决于软件的画面效果。因此在本次开发中，我们在软件的美工与UI设计方面做了很多工作，希望能够带给用户完美的视觉感受，为整个软件增墨添彩。

作品 5 PPSHARING

获得奖项

本科组一等奖

所在学校

北京邮电大学世纪学院

团队成员及分工

郝文艳：项目组长，善于统筹协调，能够对当前情况进行全面分析，并合理制定下一阶段项目计划，文档撰写能力较强。负责软件整体架构的设计、整体任务的分配、调度，以及最终文档的撰写。

商　辰：程序员，逻辑思维能力较强，善于发现问题，解决问题，并能把想法与实际相结合，合理评估技术可行性。负责软件功能的评估、设计与实现。

郑伟鸿：策划者，发散性思维，熟悉各类手机软件的使用，对手机应用有独到的见解，具有良好的团队合作精神。软件创意的主要设计者，并负责软件的开发工作。

周　硕：测试员，思维较发散，熟悉手机应用的市场行情，精通各类手机软件的特点，思维缜密，善于发现程序中的BUG。负责软件所需资料和素材的收集，并完成最终的软件测试工作。

岳雨俭：UI工程师，善于沟通，注重观察，听取他人意见，有一定美术基础，审美能力强。UI界面的设计者，并完成界面最终的优化。

指导教师

陈沛强

作品概述

我们相信创意是不应被束缚的，也不会是盲目的。如果为了创意而创意，就不会有真正的创意存在，每个创意都会有一个初衷，都会有一个主题。我们软件的主题是分享，所谓的PPSHARING，即People to People Sharing，同时其又有含义为Picture and Photo Sharing。生活中的许多快乐，都是因互相分享而得来的。分享是一种人生的境界分享，是心与心的交换；分享，让我们彼此多了一个世界，让我变成我们，你哭的时候，有人分担，你笑的时候，有人分享，总有一个人分享你的世界；分享伴随着生活，当下课铃声响起，学生之间会三三两两一起聊天，会将各自有趣的图片分享给大家，当朋友们野炊时，会围坐在一起，分享着各自的生活，将各自精彩的照片分享给大家，当家庭聚餐时，亲友们会聚集在一起，大家围坐在一起吃饭、聊天，拿出各自生活中的故事和照片与亲友们一起分享。我们的软件正是由此应运而生的。

作品功能

功　　能	功能描述
用户搜索	使用WIFI对该网段的所有机器进行扫描，并找到这些客户端并与之连接
用户显示	将搜索到的用户显示到用户界面上
图片的浏览	当主机模式的使用者进入图片浏览界面后，首先，可以在界面下方的GALLERY中对手机中的图片进行预览，并可以左右拖动预览框中的图片；然后，可以单击选择指定的图片，此时对选定的图片进行全屏放大以查看
图片的共享	创建并开启PROXY代理，通过SMB协议发送图片的URL地址到目标机
用户管理	当用户进入功能用户管理页面后，可以实现对本机用户名的修改、对本机用户头像的修改，以及对本机用户心情的描述
使用帮助	当用户进入使用说明界面后可以查看软件的使用说明

功　　能	功能描述
用户搜索	使用WIFI对该网段的所有机器进行扫描，并找到这些目标机并与之连接
用户显示	将搜索到的用户显示到用户界面上
图片的接收与显示	当客户模式在接收到来自主机模式的图片URL地址后，单击接收，即可通过HTTP协议与SOCKET编程技术从URL地址下载目标图片。接收图片后自动使用本软件打开

续表

功　　能	功能描述
用户管理	当用户进入功能用户管理页面后，可以实现对本机用户名、本机用户头像及本机用户心情描述的查看与修改
使用帮助	当用户进入使用说明界面后可以查看软件的使用说明

作品原型设计

实现平台：Android

屏幕分辨率：≥320×480

手机型号：只要是Android系统并且屏幕分辨率≥320×480的手机型号都适用

主界面上有四个ImageButton按钮，每个按钮对应进入不同的界面，START：进入用户搜索界面；SELECT：进入用户信息管理界面；HELP：进入软件使用帮助界面；QUIT：退出软件。

用户搜索界面通过WIFI搜索，并将搜索到的用户显示在界面上，显示用户头像、用户名。单击ENTER进入图片浏览界面，单击QUIT退出并返回主界面。

图片浏览界面下方的GALLERY是对图片以小图方式进行浏览，当找到所需要传输的图片，单击小图后即在全屏上显示图片。

当使用者处于用户模式下，在图片浏览界面浏览图片时，会出现提示框，询问用户是否接收图片，单击接收后将接收到的图片保存在GALLERY中，便于使用者浏览。

用户信息管理界面，查看或者修改用户名、用户头像及用户心情等信息。使用说明界面，查看软件的使用说明。

难点分析

问题难点	分析解决
同一网段内主机的扫描及客户端的识别	可以通过获取本机WIFI相关信息取得本机所在的WIFI网段，针对该网段IP段固定端口进行连接测试，以扫描并识别网段内主机及客户端
其他客户端信息获取	通过对目的客户端发送信息，从而得到该客户端的信息反馈，以获得该客户端相关连接信息
图片的传输	比起遍历客户端并逐一进行点对点传输，这样会使各客户端产生时间异步，效果并不好，并且比起在Android实现主动点对点上传，需要采用何种协议及上传所保存指定位置，并可能会产生的权限问题等从技术角度来说会有一定难度，所以我们的解决方案是，针对处于主机模式的客户端，建立Proxy Server代理服务器，并将该指定图片设置共享，并同时向处于用户模式的客户端发送该图片的URL地址，每个处于用户模式的客户端接收到该信息后，可以通过Http协议及SOCKET编程技术去从制定的URL地址去下载图片并保存到可存放的文件夹内，并进行浏览，从而解决了文件传输的这一实现上的难点

作品 6　绿色星球

获得奖项

本科组一等奖

所在学校

北京联合大学

团队成员及分工

王　雨：小组组长，项目发起人。负责项目整体架构、进度的协调及美工，种植界面、登录界面设计。

吴尚骏：做事认真，能够提出一些很有新意的想法，负责种植界面、登录界面的设计和程序测试工作。

岳　鑫：思维丰富，极具想象力，并且在语言方面有极高的研究。负责项目美工，欢迎界面、目录界面设计，以及相关文档撰写。

章　磊：担任整个项目的技术负责人，负责主程序编写、商店界面、联机界面设计。

马文静：做事认真细心，负责程序测试、文件处理和文档撰写工作。

指导教师

马　楠

作品概述

"绿色星球"项目的内容确立是由开发小组多次会议讨论而制定的，在这期间，开发小组成员们做了大量的市场调研，调研当中我们发现，人们对于手机功能的应用除了联系他人之外，更多的还是以娱乐形式来放松自我。这便成为我们决定设计这款3G智能手机游戏软件的主要缘由。

此款3G智能游戏软件，集多种功能于一身，不仅应用了当下流行的触屏、网络连接功能，还加入了生活中并不多见的重力感应功能和热感应功能。此外我们发现随着环境问题的日益突出，人们也开始越来越关注环境保护问题。我们这次制作的3G智能手机软件就很好地把环保与娱乐结合在一起，例如用户可以用真实的操作去培养植物，这对于生活在都市中的人们来说简直是天方夜谭。而且游戏中的积分能够帮助用户换取更多更新的树种，这也大大提高了游戏的趣味性。对于环保，我们除了能够做到少开一天车、垃圾分类等最基本的环保措施外，我们更希望能够用一些特殊的方式来提高人们自身的环保意识并为环保做出贡献。我们本次所开发的3G智能手机游戏软件以环保为主题，让用户在培育树种的过程中亲自感受树苗成长的过程，以此得到快乐，并且了解这些树种的习性与环境对其生长的作用。小树会在游戏中呈现三个成长阶段，每个阶段都会有不同的变化，这会让用户在娱乐的同时也能关注环保问题。有了环保主题作为此款游戏的背景，也让该游戏增添了更多的实际意义。

作品功能

功　　能	功能描述
注册功能	用户通过注册功能可以拥有自己的账号密码，之后通过自己的信息，进入游戏
植物成长功能	第一阶段：树苗阶段。树苗阶段的植物需要更多的水分和阳光来维持生命。 　　第二阶段：小树阶段。植物的生命力更顽强，可以抵御风雨。 　　第三阶段：大树阶段。植物即将成熟，能结出果实
积分功能	软件中的贡献值为游戏的唯一积分点，也可以理解为游戏中的货币，通过这个积分可以进行种子的购买和在不同地区种植树种的功能
触摸功能	在游戏中的每个按键上都加入触摸功能，使用户仅用手指点触的方式就能进行操作
重力感应功能	①实现"摇"的操作，进行果实的摘取。 ②实现"浇"的操作，进行植物的灌溉
联网功能	①通过上传和下载服务器的信息，及时更新用户所选地区的天气信息。 ②上网后，服务器会更新用户信息，用户商店会自动推出新的树种。 ③通过与在线好友的链接，完成共同摘取果实和分享果实的过程

作品特色

（1）"摇"操作。利用手机的重力感应功能，完成"摇"动作的感应。其特色在于可以增加人机交互性，使用户可以通过多种渠道与游戏进行交互。

（2）"吹"操作。利用手机多点热感应功能，完成"吹"动作的感应。其特色在于利用这种并不多见的人机交互方式，增加游戏的新鲜度。

（3）天气系统。通过网络传输的方式，实时获取当前所在区域的天气，作为树的生长环境，增加游戏的真实感，是虚拟世界和现实世界的结合。同时为环保人士提供了一个了解天气现象的平台，使他们知道天气与环保的关系，更关注天气的问题。

（4）网络。通过网络的连接实现游戏的同步性。通过信息的传输改变游戏中的某些内容。

（5）用户友好度。使用触屏功能让用户以最简单的方式进行操作，每个UI我们都力求简单实在。在制作图片过程中，每个小组成员都仔细辨别字体的区别并且边做边看效果，力争让用户不在识别上费时间。

（6）树种系统。游戏商店中包含三类树种。

作品原型设计

游戏实现平台：symbian

屏幕分辨率：>360×640

手机型号：支持symbian S60 V5的手机

（1）Logo界面

Logo界面呈现给用户一个充满绿色的星球，这是本次大赛我们所设计的软件标题——绿色星球，绿色的背景将带给用户一抹新意与亲切感，同时该界面会给用户一个缓冲的时间，以便进入游戏状态。

（2）登录界面

用户在这个界面可以登录、注册新的账户或者退出。用户需要在进行游戏之前注册一个属于自己的账户，这个账户存储着用户的用户名、性别、登录邮箱、登录密码、所在城市等信息。当单击登录按钮时，用户才可进入游戏。这个过程的背景依然是小组设计软件的主题——绿色星球。

（3）目录界面

目录界面可以选择继续进行游戏或者重新开始游戏。继续种植可以让用户读取最后一次退出的进度继续种植。重新开始游戏可以删除之前保存的数据，进行新的游戏。用户还可以进入帮助界面来熟悉游戏的基本操作，也可以选择退出游戏。

（4）游戏界面

当单击目录界面中的"开始种植"按钮或"重新种植"按钮后，将会进入游戏界面。用户可以在此界面培育树苗，可以单击"目录"按钮查看植物的阳光值和水分值。当进行滑屏操作时，游戏界面会跳出"摇"、"吹"、"浇"等操作按钮，用户可以对植物进行这些操作。

| logo 界面 | 登录界面图 | 目录界面 | 游戏界面 |

（5）信息界面

当单击游戏界面中的"目录"按钮时，会弹出子菜单，在此选中"信息"按钮，将会进入信息界面。在信息界面中用户会看到自己树苗的成长情况，数据中氧气值主要反映植物的生长状况，氧气值越高证明植物发育越好，该氧气值由天气状况和用户操作而相应变化。贡献值相当于游戏中的货币，其可以由氧气值按1:20的比例转换得到。贡献值可用来购买树种和开辟新地。用户还可以通过这个界面进入商店和联机界面。

（6）商店界面

当单击信息界面中的"商店"按钮时，将会进入商店界面。用户可以在商店界面查看树苗的相关习性与综合数据评分，并且可以购买树种，这个界面可以通过联网进行更新，种子的种类也会根据季节进行变化。

（7）联机界面

当单击信息界面中的"联机"按钮时，将会进入联机界面。当用户的好友联网后，用户可以在左侧的六个黑框内随机看见在线好友的头像。左侧是用户自己的头像，当用户希望开始联机时，单击"开始"就会和所选好友进入联机交换或游戏界面。例如：小鱼是机主，其可以选取界面右侧的在线好友，共同进入联机交换树种界面，或直接邀请好友共同进入联机游戏界面。

（8）联机交换树种界面

当联系在线好友后，用户会进入交换界面。在这个界面用户可以和好友交换自己拥有的种子，左侧的两个黑框是显示交换头像的，上边六个是显示用户背包内容的，大的黑框显示的是所交换的种子。这个界面是为实现分享功能而设定的。

信息界面　　　　　商店界面　　　　　联机界面　　　　　联机交换树种

（9）联机游戏界面

在这个界面用户可以与好友联机游戏，界面的背景与游戏界面相同，而上方的四个黑框分别显示共同游戏的好友头像。当四个用户分别进入完成时，界面会自动弹出倒计时显示，当计时到零后，用户和好友便可进行游戏操作，系统将自动把用户摇下的种子进行平均分配，用户留存种子后，可与好友交换或自己种植。

（10）背包界面

背包界面可以显示用户物品的信息，界面上边的六个黑框可以显示背包内的物品。背包内物品通过商店界面换取或联机游戏界面中"摇"操作得到。当单击某个黑框时，下面的大黑框会显示所单击物品的图像，在下边的长条黑框会显示所选物品信息。

（11）帮助界面

当单击登录界面中的"帮助"按钮时，将会进入帮助界面。帮助界面会显示相关游戏信息，用户应首先进入游戏帮助界面了解游戏意义，熟悉游戏操作后，方可进入游戏界面享受游戏过程，所以这个界面主要是为了帮助用户更好地进行游戏。

（12）浇水界面

当对游戏界面进行滑屏操作时，游戏界面会跳出"摇"、"吹"、"浇"等操作按钮，在其选中"浇水"按钮后，将会进入浇水界面。浇水界面是通过游戏界面中的"浇"按钮进入的，当进入这个界面后，系统会启动手机中的重力感应功能。当用户倾斜手机时，水壶也会随之倾斜，这样壶中的水就会浇到植物上，完成浇水任务。

联机游戏界面　　　　背包界面　　　　帮助界面　　　　浇水界面

作品 7　定时短信

获得奖项

高职一等奖

所在学校

北京信息职业技术学院

团队成员及分工

刘　颖：团队组长，负责程序开发，产品构思的工作，能为团队提供良好的功能构想。

徐　奕：程序员，负责程序开发，算法编写，能为程序编写提供有力的技术支持。

孙　毅：程序员，负责程序开发，程序测试，能为程序进行测试，并对错误代码进行修改。

张　晶：程序员，负责程序开发，资料收集，能为程序开发提供丰富的开发资料，以供借鉴。

指导教师

郑淑晖

作品概述

我们设计的这款软件的名字为定时短信，从名字就可以看出这款软件就是为用户提供定时发送短信功能的。为了便于用户发送短信，我们特别让这款软件对Android系统自身的通信录进行连接，使得选择发送短信用户变得更加简单。

为了增加软件的趣味性，我们还特别增加了好友排行和及时天气的功能，在您运行这款软件之后，首先映入眼帘的，就是当日的天气以及与您短信联系最为密切的前7位好友的列表(XT702机型上可为8位，能显示几位好友列表，取决于屏幕分辨率)。在这里值得一提的是，天气功能采用的是Google所提供的API，也就是说无论您在天南海北，只要您的手机可以上网，便可以更新天气。默认显示为北京地区天气，通过地区选择按钮还可以选择上海、广州的天气(其他地区仍可以增加)。

可行性分析

　　基于Android平台的手机开发已经越来越得到广大手机用户的认可，我们所设计的定时短信功能具有良好的用户体验，便捷的操作及简洁的UI。我们经过了用户群调研及一系列的测试，软件产品已经初具雏形，今后我们会将其移植到Iphone、Symbian、Windowsmobile等开发平台以拥有相当的产品用户数量和收益，我们也会通过不断地优化和及时地发布新版本来完善我们的产品，并根据资金为用户提供网络支持，如更多的软件主题支持等。天气功能采用的是Goolge所提供的API，从服务器获取；发送短信的功能主要调用SMS的系统功能；定时的控制是基于Java的时间控制类来加以实现的；获取通信录是基于Andriod的Cursor类加以实现的，后续还可以在此基础上实现更丰富的功能。

作品功能

功　　能	功能描述
定时短信功能	选择联系人的电话号码，设置发送日期时间，提交设置已完成对短信发送的定时，待其自动发送即可
好友排行功能	列出最近短信通信最为密切的7位好友的姓名、号码，以及对应的亲密度
天气功能	单击刷新，或选择不同地区便可进行天气更新，更新内容为地区名称、当日天气、温度和对应星期几

作品特色

- 定时发送短信可对年、月、日、时、分进行设置，最高精确为分；还可以进行号码输入或对已经存在的号码进行提取。

- 用户可以在任何地点获取天气信息，只要手机拥有上网功能。

- 根据个人喜好，对软件背景进行更换，彰显个性。

- 单击号码按钮便可调出通信录，选择联系人，便可自动添加至收件人对话框中。

- 好友排行列表及时更新。

作品原型设计

实现平台：Android 2.1

屏幕分辨率：虚拟机HVGA

手机型号：虚拟机HVGA，对程序XML配制进行更改后可适应各种机型

本小组曾在Motorola XT702机型上测试过，并保留其XML配置文件。

软件模块的组织结构和定时短信功能模块的界面及窗口效果如下图所示。

加载天气信息如下图所示。

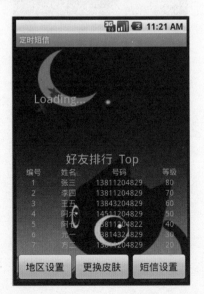
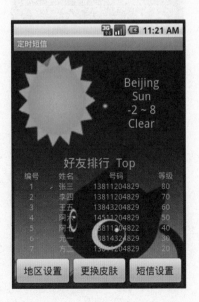

进行地区设置如下图所示。

更换皮肤如下图所示。

 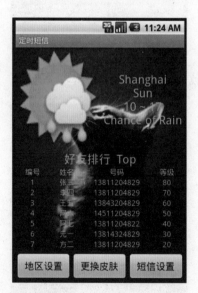

设置发送日期如下图所示。

设置发送时间及输入号码如下图所示。

提取电话号码并输入内容如下图所示。

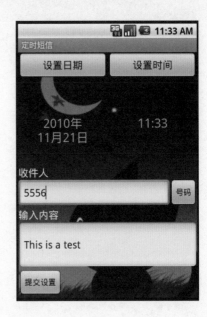

对方接收短信如下图所示。

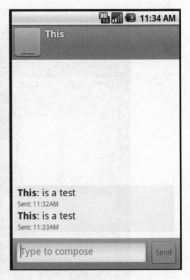

其他菜单项如下图所示。

作品 8　3G 谍战

获得奖项

高职一等奖

所在学校

北京联合大学

团队成员及分工

宫殿琦：北京联合大学应用科技学院08级通信技术专业学生，在团队中担任组长一职，负责总体规划和工作部署，带领全组积极工作。

张励涛：北京联合大学应用科技学院08级计算机信息管理专业学生，在团队中负责技术支持和技术实现。

崔筱婧：北京联合大学应用科技学院08级通信技术专业学生，在团队中负责搜集资料和部分技术合成。

刘敬茹：北京联合大学应用科技学院09级计算机多媒体动漫设计专业，在团队中负责总体美工设计。

汪天祺：北京联合大学应用科技学院09级计算机多媒体影视技术专业，在团队中负责总体美工设计。

指导教师

肖　琳

作品概述

根据对我们选定的"杀人游戏"的特点，我们将作品名称最终命名为"3G 谍战"，"3G"具有三重含义，即3G手机、Green（绿色、环保）和Grasp（抓住、捉）。

我们的软件可以利用手机蓝牙也可以利用3G网络来分配身份，该软件使得玩家携带手机就能玩"杀人游戏"，无须再另外携带纸牌或者购买纸牌了。只要有手机，只要有3G网络，就能做到"简单可依赖"。

作品功能

"3G谍战"小软件是通过联机的方式，向每个玩家发放"杀人游戏"身份牌。主要通过手机网络互联并进行游戏。现在主要实现两种互联方式，一种是通过蓝牙联机，另一种是通过3G网络联机。

（1）蓝牙是一种支持设备短距离通信（一般10m以内）的无线电技术。能在包括移动电话、PDA、无线耳机、笔记本电脑、相关外设等众多设备之间进行无线信息交换。利用"蓝牙"技术，能够有效地简化移动通信终端设备之间的通信，也能够成功地简化设备与Internet之间的通信，从而数据传输变得更加迅速高效，为无线通信拓宽道路。蓝牙采用分散式网络结构及快跳频和短包技术，支持点对点及点对多点通信，工作在全球通用的2.4GHz ISM（即工业、科学、医学）频段。其数据速率为1Mb/s。采用时分双工传输方案实现全双工传输。

蓝牙联机是由担当法官的玩家手机作为主机建立网络，其他玩家联入并开始游戏（由法官手机对联入的玩家随机分发身份牌）。

（2）具备强大功能的基础是3G手机极高的数据传输速度，目前的GSM移动通信网的传输速度为9.6Kb/s，而第三代手机在静止环境下最终可能达到的数据传输速度将高达2Mb/s。为此做支撑的是互联网技术充分糅合到3G手机系统中，其中最重要的就是数据打包技术。在现有GSM上应用数据打包技术发展出的GPRS目前已可达384 Kb/s传输速度，这相当于D-ISDN传输速度的两倍。3G手机支持高质量的通话、分组数据、多媒体业务和多用户速率通信，将大大扩展手机通信的内涵。

对于蓝牙速度慢或无蓝牙功能的手机，可以使用3G网联机，速度更快，更稳定。

作品原型设计

根据设计思路，我们实现了以下界面和部分功能，比如蓝牙联机部分。3G网络联机部分，还有待进一步完善。

通过蓝牙联机和网络联机，都出现这样的联机界面，由玩家选定是否为法官。

法官界面、非法官界面如下图所示。

身份牌显示如下图所示。

个性化身份牌显示如下图所示。

作品 9　ProMe 即时问答工具

获得奖项

本科组二等奖

所在学校

北京师范大学

团队成员及分工

饶俊阳：负责软件构架，完成难点算法的设计与代码的实现，以及C/S通信模块。

崔振锋：负责设计UI及UI的美化，并完成作品部分功能模块。

胡久林：负责设计人机交互界面，使软件的操作更舒适、简单、自由，体现软件的特点。

方　浩：负责编写文档，配置J2ME平台，查找资料，整理资料。

指导教师

孙一林

作品概述

ProMe即时问答工具，结合了即时通信工具、搜索引擎、自动问答系统、论坛的优点，利用手机的便携性，为使用者提供即时的问答、聊天、搜索服务，具有使用效率高、答案时效性好、对于细节问题的回答准确率高等优点，很好地补充了传统搜索引擎的缺点，将更好地满足使用者的检索要求。

可行性分析

ProMe即时问答工具能为使用者提供更加人性化的服务，不仅能够满足使用者的搜索需求而且能够在一定程度上避免搜索引擎行业的操作不规范、竞价排名等问题。

作品功能

功　　能	功能描述
后台管理系统	完成整个系统的后台管理工作，包括对用户信息、用户问题、用户答案、FAQ、通知公告、运行日志的增、删、改、查操作。其运行在服务器上。
服务端	控制整个系统的运行，发布公告信息，管理用户的上、下线及通信过程。其运行在服务器上
PC客户端	用户通过计算机登录ProMe进行即时通信、问答操作。其运行在计算机上
手机客户端	用户通过手机客户端登录进行即时通信、问答操作。其运行在用户手机上

作品特色

本作品与传统搜索引擎、传统论坛、传统问答系统、传统即时聊天工具、传统搜索方式不同。

作品原型设计

实现平台：J2ME

屏幕分辨率：>320 × 480

手机型号：适用于装有JVM并且屏幕分辨率>320 × 480的手机

作品 10　睡眠小卫士

获得奖项

本科组二等奖

所在学校

中国矿业大学（北京）

团队成员及分工

裴嘉兴：热爱组织协调工作，负责"睡眠小卫士"的协调活动，全面负责项目的进展及与各方面的协调工作，制订项目计划，安排人员分工，定期组织会议等。

李　浒、姜恒：两人同为技术狂人，对技术有狂热的追求。负责项目的具体代码编写工作，负责创意的具体代码实现。

王　锴：在PS方面有得天独厚的优势，曾负责学校网站的设计工作，负责项目的UI设计。

黄　志：在数学方面有得天独厚的优势，负责评分工作（注：为软件中的功能之一）的算法设计。

指导教师

徐　慧

作品概述

本作品主要功能有以下三点：

- 在用户失眠的时候快速地帮助用户进入睡眠；

- 在用户的平时生活中，通过一系列措施，帮助用户改善睡眠质量（这也是本软件的一大特点）；

- 为用户提供与改善睡眠相关的信息。

本软件根据以上几个功能提供三大板块，分别对应不同的功能，详细请见下面的作品功能及作品特色。

作品功能

作品自身分为两个主要板块，一个辅助板块。在主要板块中提供"催眠"和"改善睡眠"功能。在"催眠"功能中，我们请教心理学教授，采用当今普遍采用的音乐及图片催眠方法，使用户能快速进入睡眠。在音乐与图片功能中，我们会实时地推荐一些信息供用户参考，用户可以选择其中的内容进行下载，实现软件功能的优化，更好地帮助用户进入睡眠。在"改善睡眠"功能中，我们参考Kacper.M.postawski的《有效睡眠——内在睡眠时钟的奥秘》一书，采用科学的方法改善用户的睡眠，并创造性地引入评分系统，让用户对自己的行为有具体的了解。

具体功能为：用户在一天开始时，选择开始记录一天的活动情况，根据我们的建议进行饮水、锻炼等活动。记录数据存入当天数据库中，在一天结束后，单击评分，会对用户一天的行为进行评分，判断其行为对睡眠的改善作用。

通过以上两点，我们相信，会让用户有很好的体验，在使用本软件后能真正改善自己的睡眠状况。

在辅助板块中，我们提供了一些有关睡眠的小知识，让用户能更好地了解睡眠的相关知识。并且我们会提供实时的信息更新，用户可以在其中及时了解与睡眠有关的信息，针对自己出现的情况做出相应的改善睡眠的措施。

作品特色

- UI界面采用暗色调，符合睡眠氛围，相比其他软件来说更有特色。

- 睡眠改善系统。这是本软件的最大亮点，通过这一板块，用户可以真真正正地改善自己的睡眠状况。（详见作品功能）

- 采用弹出Dialog记录。为了提高软件的性能，我们在第二个模块的记录中，采用了Dialog，而不是跳转到新的页面，这样提高了软件的运行效率，更加方便了用户的使用。

- 采用设置Title来进行帮助提示。在程序的第二个模块中，我们通过选择列表项时，进行提醒，而不是单独从帮助页面进行解释，这样实现了快捷简单。

作品原型设计

实现平台：Android

手机型号：只要是Android系统的手机型号都适用

以下为本产品的具体实现：

登录界面如下图所示。

第一板块为催眠界面，包括音乐催眠和图片催眠的相关界面。

第二板块（特色板块）为改善睡眠界面，包括阳光、锻炼、饮水、数据记录、评分的相关界面

第三板块为睡眠小知识界面，包括相关文章读取界面。退出界面便可退出本软件。

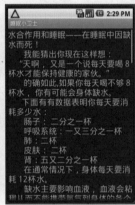

作品 11　墨色深处

获得奖项

本科组二等奖

所在学校

北京林业大学

团队成员及分工

于潇翔：动画专业，负责手机性能的设定及手机界面的设计与制作。

陈　树：动画专业，负责手机性能的设定及手机动画的设计与制作。

李　杰：计算机专业，负责手机界面与动画在模拟器中的实现。

指导教师

蔡东娜

作品概述

"墨色深处"是一款极具中国风格的手机界面，从立意表现看，其吸纳了中国传统设计元素——水墨艺术表现特征，对操作界面、功能图标、交互动态等各方面进行了艺术化设计，字里行间流露出中国传统水墨的意蕴；从技术实现看，该款界面设计是基于触屏智能手机操作环境，其设计内容经过详细的调研与规划，运用J2ME技术平台和SAMSUNG i8910HD触屏手机模拟器进行便捷操作，且层级丰富，使人机交互更加人性化，同时也设计了工具栏的悬浮、移动、翻转等动态效果，增强了交互的娱乐性与艺术感。

可行性分析

"墨色深处"具有良好的市场发展前景。原因有如下五点：

① 设计之初，设计团队对当下移动终端的功能设定、操作环境等方面进行了大量调研，经过多次探讨与规划，在手机功能与信息管理方面，将"墨色深处"设计得更为简洁清晰。

② 中国水墨讲究意蕴留白，随着大屏幕触屏手机的普及，为"墨色深处"界面提供了极好的展示空间。

③ 随着人们文化素养与艺术修养的提高，用户对操作环境的美感需求也逐渐增强，"墨色深处"的设计点点滴滴都充盈着中国文化的古典美。

④ J2ME技术的日益成熟，使"墨色深处"操作环境中的滑动、触摸、拖动、单击等各种交互动画效果的实现具有完全的可行性。

⑤ 本设计亦能移植于Iphone、Android、Windows Mobile等多个开发平台，并实现设计产品市场化。

作品功能

功能简述	功能描述	特色设计
触屏交互	通过触摸单击对内容进行选择	对大菜单进行较短时间触摸单击时，如同手指触碰了水面，就会出现墨滴晕开的动画效果；如果触摸时间较长，墨滴瞬间晕开于整个界面，同时上级界面渐出，下级界面渐入，完成界面切换效果
电话薄	①存储用户的联系人信息和号码；②用户可以添加、删除、查找和呼叫联系人，将手机和SIM卡中的联系人相互移动和复制；③用户可以管理组群，为组群设定特殊铃音，将联系人在各个组群间相互移动和复制；④在电话薄名片中，用户可以编辑联系人信息，如头像的替换、删除，基本信息的修改，来电铃音的更换等。一些信息后面的按钮则是方便用户执行操作，比如直接拨出相应号码、发送短信或电子邮件等	①用户可以为每位联系人添加头像，并且可以方便地对头像进行编辑。②界面左侧会弹出分类设置的相关窗口，用户可以直观地看到每个分类中的联系人，而组群也十分清晰明了，方便用户有条理地实行管理

续表

功能简述	功能描述	特色设计
网络	①用户提供了强大的网络服务，包括浏览器、下载、聊天工具、网银、电子邮箱、股市和客户服务； ②用户可以添加或卸载应用程序	①界面上方设有后退、前进、刷新、关闭、最近浏览、清除记录、显示主页、全屏和收藏夹操作，用户可以方便地浏览和操作网页。网页上的便签提示用户当前打开了哪些网页，并且方便用户进行网页间切换； ②用户可以方便地下载并对下载任务进行管理； ③"聊天"中内置了QQ、MSN、校内通等流行的聊天工具客户端，用户可以顺利使用
工具	①为用户提供了丰富的手机辅助工具，包括蓝牙、闹钟、计算器、查询、日程表、世界时、秒表、词典和导航； ②用户可以添加或卸载应用程序	①日程表中某些日期下方有重要节气或节日的提醒。墨迹所在位置为当日日期，下方同时会显示对应的农历日期。红色日期代表用户在该日设置了信息提醒； ②通话历史记录对拨出电话、接入电话、未接电话设置了提醒
设置	用户可以对手机进行相关设置，包括声音、时间、快捷、电源、情景、显示、输入、语言和安全	①用户可以对手机中的各种声音进行设置，比如系统音、触屏音、来电铃音等。用户可以试听、替换、删除当前声音，或者调节音量；也可以进一步细化的设置，比如设置每一个组群或联系人的来电铃音、短信铃音等； ②用户可以将常用的图标设置为快捷方式，每次显示在界面下方

功能简述	功能描述	特色设计
我的文档	集中存放用户的所有数据	①"我的文档"将同类的文件全部进行了归纳和整理，这里就像电脑的硬盘一样。手机中的音频文件都会存在"声音"里，包括所有铃音、触摸音、用户自己添加或下载的音乐、录音等；图像、视频和文档等也是同样道理； ②用户可以将数据备份，存到手机"备份"中，以免丢失
娱乐	①为用户提供了强大的娱乐服务，音乐播放器、视频播放器、游戏、照相机、摄像机、录音机、电视和画板； ②用户可以添加或卸载应用程序	①音乐播放器不仅功能强大，设计也十分个性和人性化。用户可以为歌曲添加图片，修改歌曲信息，为歌曲设定专辑等。界面左边会感应弹出歌曲专辑，用户可以方便地切换专辑。播放条是游弋在江上的一页扁舟，为画面增添了山水风情。用户还可以显示歌曲歌词； ②照相和摄像时，用户可以通过滑轮方便地调整焦距。手机自带防抖动功能。用户也可以把手机横放

作品原型设计

屏幕分辨率：$\geqslant 393 \times 700$

由于篇幅所限，以下只展示出部分具有代表性的作品原型，更多作品原型详见图片"界面展示"和视频"整体演示"。

整体效果如下图所示。

作品 12　基于校园的信息聚合平台

获得奖项

本科组二等奖

所在学校

北京联合大学

团队成员及分工

姜　军：项目组长，负责项目整体架构设计、项目整体编码。

傅天隆：负责UI界面设计、各个组件的美工优化。

吕　轩：负责部分程序编写、测试和文档整理。

任敬地：负责项目文档整理和部分算法设计。

指导教师

梁　军

作品概述

我们将这个产品定义为"基于校园的信息聚合平台"。顾名思义，这是一个聚集与学生有关信息的平台，比如学校内通知的下发、招聘信息的传达、校园周边商户促销活动的宣传，以及同学间信息的交流等，都可以利用这个平台收集整合，然后根据客户的需求，有针对性地为之发送他所关注的各类信息。

建立这种平台不仅仅只为信息的接收者（学生）服务，而且信息的传递者（学校、商户，企业等）也会因此受益。因为信息传达会更加高效，他们工作量将会大量降低，工作效率会大大提高。所以我们有充分的理由相信，双方都愿意使用本产品。

这个平台以3G技术和互联网络为依托，注重手机客户端的开发，从而达到并保证它的方便性和高效性。

可行性分析

我们的产品从技术角度出发，虽然创新度不高，但是完全可操作的。具体为Server

端可以通过多种平台实现，Client端的实现也是多样化的，网页或者本地应用程序皆可实现，这都是它显而易见的优点。

以目前移动通信技术如此发达为时代背景，为了让用户使用此软件更为方便，手机端应用程序的制作将成为重点，同时这在技术上已不再是问题，因为手机的操作系统和硬件现已相当成熟，并且3G技术可以为我们的产品带来更广阔的发展空间。

作品功能

Hi是一款面向广大在校学生群体开发的SNS实时互动软件，依托高速移动网络使用户随时随地接收与发布校园信息。通过对校园生活的归纳与总结，我们将应用的主要功能分为"四类两方向"，即我的信息、我的教务、我的社团、我的号召四类和我自己、其他人两个方向。应用名称"Hi"是对大学生社交生活简洁而准确的表达。轻松、热情、年轻、活泼、沟通无障碍，既是大学生活的特点，也是我们想通过软件带给用户的体验，我们的口号是：what you need what we do！

本作品功能将分为4个模块，如下图所示。

基于校园的信息聚合平台

信息&服务	社团	号召	扩展
• 学校	• 管理者	• 发布号召	• 应用中心
·成绩	·管理成员	·公共号召	·第三方应用
·课表	·管理信息	·局部号召	·独立应用
·通知	·管理活动信息	• 响应号召	• 主模块增强
·比赛	• 部员		• 非功能扩展
·其他	·社团信息		
• 校外	·活动信息		
·校园周边信息	·社团讨论		
·招聘信息	• 社团主页		
·广告			
·其他			

作品功能模块图

（1）信息&服务

本模块将聚集学校、学院、专业的官方信息和校外商铺、企业的全方位信息，并提供一些可能的服务，如比赛的报名、问卷调查等。

（2）社团

经过研究发现，班级、社团以及圈子的需求基本相同，所以我们将这三者抽象为"组"。组是我们设计的概念，目的是降低系统的设计复杂度。在前台，同学们看到的依然是班级、社团、圈子。

（3）号召

借助号召系统，同学们可以方便地自由组织活动。同时我们设置了公共和局部两种模式，公共号召全校同学都可以看到并响应，比如2010年10月5日张三号召大家去某地旅游，而局部号召则是号召者可以对选择的人群发布，如李四号召他的朋友某日去聚餐。

（4）扩展

为了长远考虑，我们将扩展视为一个重要模块来对待。应用中心如现在主流的SNS网站，主模块增强是留出接口，方便对之前4个模块功能的扩展，非功能扩展则是提供不同的音效、皮肤、布局等不影响功能的扩展。

作品特色

各平台全部支持短信平台，这样重要的信息就可以在学生没有登录Client端的情况下也可以及时传达。

类似于目前的SNS平台，我们使用一种类似于人人豆、Q币的虚拟货币，方便系统内的交易。

信息&服务尽量做到能与学校现有的管理系统对接，节约校方成本，目前高校以使用正方教育系统为主，所以这并不难实现。

号召系统可以借助智能手机的GPS（如果有）模块标示当前位置，如果号召是前往某地，号召系统会与在线地图联动标识目的地和当前我的位置，提供最佳出行方式的提示。同时也可以为局部号召提供一种新的选择范围，如在我附近的或者在某个地区的。

应用中心可以提供一种新的思路，类似于AppStore，我们提供好API和规范，然后开放给全部用户，让用户来进行二次开发并提交到中心，审核通过后其他用户可以选择使用。开发者可以收取一定的费用（虚拟货币消费，返还开发者真实货币）。

难点分析

为了能够完美地实现作品的设计，作为一个完全由学生组成的开发团队，我们已尽所能地克服了多方面的困难，努力推进，最终完美地实现了整个作品的设计，没有留下遗憾。在实现方面的具体难点包括以下几点：

（1）信息的实时性

无线服务的最大优势之一就在于实时性强，本作品中设计的号召等功能就是对这一优势的体现。然而，在具体开发中，如何能较好地真正为用户把这种实时的优势体现出来，并非像一开始想象的那么容易。

服务器端的设计和传统的SNS系统设计基本一致，在传统Web中，一般采用AJAX技术异步刷新或主动请求数据即可。刚开始我们也是照搬了过来，但后来发现手机要考虑到网络流量限制，实际效果可能会不理想，而且手机耗电速度也极快。

因此我们采用了与传统SNS的B/S不同的结构，考虑了网络流量限制并采用了C/S结构设计，而没有使用AJAX技术异步刷新或主动请求数据，于是改为以服务器Push数据的方式，但这可能会为服务器增加额外的负担。这个接口的改变使得整个系统又经历了比较大的重构，经过反复测试系统才趋于稳定。

（2）GUI的设计

一个好的用户界面既要符合目标客户群的文化，又要做到友好易用。作为一个竞赛作品，好的界面也会提高作品的可演示性。在手机上，界面库的功能相比于PC要单薄，并且我们也要符合手机用户的操作习惯。

目前实现的界面是经过多次改版后的结果，无论在风格上还是在可操作性上，我们认为都达到了客户端设计简洁、易于使用的预期目标。

作品 13　Special Touch Feeling（非凡触感）

获得奖项

本科组二等奖

所在学校

北京信息科技大学

团队成员及分工

张青政：小组组长，了解每个人的特长，能合理分配任务，保证整个项目的进度。负责安排工作、图片处理、设计文档。

晏　冉：主程序员，热爱编程，以其专业的程序编写技能，曾编写出不少优秀的作品。负责软件的核心程序编写。

赵　业：技术总监，爱学习，善于思考，是团队中的活跃分子。负责项目策划、模块的衔接、测试人员。

王　韬：美工设计，丰富的UI设计经验，设计作品总能给人一种非常亲近的感觉。主要负责美工、UI设计。

王紫瑶：音乐设计，美工，在广播电台是音乐组组长，在背景音乐和界面设计上有自己独特的见解。负责音乐处理、图片处理。

指导教师

李学华

作品概述

几年前兴起的跳舞机和劲舞团等游戏深受年轻人的喜爱，它不仅让大家在音乐的海洋里感受每一个音符的跳动，还为大家提供了一种休闲娱乐的好方式，最重要的是它能给大家带来一份好心情，让大家像音符般有节奏、有激情地生活，让大家在生活、工作和学习中充满活力。

随着智能手机的不断拓展，手机的硬件设备得到了空前的提升，这就为将跳舞机和劲舞团等游戏移植到手机上提供了一种可能，换句话说，就是在手机上模拟出一种根据歌曲节奏而用手指跳舞的场景。本作品是为那些年轻、时尚的用户设计的，当用户在玩这款游戏时，需要按照音乐的节奏，并配合手指单击屏幕上的音符，这样就更能体现音乐的动感。

无论你是在公交车上，还是在嘈杂的公共场合，抑或在几分钟的休息里，只要是能用手机的地方，带上耳机，Special Touch Feeling就能让你去除疲惫、充满活力、激情无极限。

可行性分析

（1）市场可行性分析

Mobile平台之前一直被市场定位于偏商务的操作系统，支持的游戏相对于其他主流平台较少，而以音乐为基础的游戏就更少了。因此，这款Special Touch Feeling的音乐游戏就可以填补这一块的市场空白。

（2）技术可行性

手机用户要根据游戏提示，手指单击指定的区域，达到得分目的。实现这个功能，使用OnTimer函数、SetTimer函数等即可实现。

（3）盈利模式可行性

首先，要让用户免费体验Special Touch Feeling，让他们感受到Special Touch Feeling所带来的非凡游戏体验。随之会提供一个Special Touch Feeling游戏的歌曲库，付费后下载。同时，也鼓励有音乐创作能力的用户自己编辑歌曲上传到歌曲库中，并会按照下载量付给用户相应报酬，达到双赢的目的。

作品功能

用户通过触摸屏幕上指定区域部分，随着音乐的节奏在规定时间内完成游戏，达到放松心情，获得愉悦感的目的。

游戏分为两个难度：Easy难度和Normal难度。

（1）Easy难度

屏幕会用圆圈提示，圆圈中的数字会随着时间的改变而随之改变为3，2，1，GO。当显示为GO时，用户就需要单击屏幕，屏幕会根据用户的操作来显示游戏效果，GO对应的为Prefect，1对应的为Cool，其余对应的为Bad。左下角有连击显示。

（2）Normal难度

屏幕上会有按钮不断从上往下掉落，当掉落的按钮变成GO时，用户就需要单击屏幕上GO的区域。屏幕会根据用户的操作来显示游戏效果，GO对应的为Prefect，1对应的为Cool，其余显示为Bad。左下角有连击显示。

触摸屏幕的手机用户还可以通过我们在音乐中加入的鼓点等动感元素来得知。

作品特色

游戏中多处采用了动态效果，从游戏LOGO的展现，到单击的效果都有动态效果。从视觉上冲击用户。

游戏过程中，充分调动了用户的各个感官。眼睛要注视着屏幕上提示的信息，耳朵要听着音乐不断变化的节奏，手指要不断触摸屏幕完成游戏。整个游戏进行中，用户全方位投入到游戏的节奏中，获得完美游戏体验。

拥有这款游戏就如同拥有一个一个移动的跳舞机一样，不用再去游戏厅排队等待，不用再去花钱买游戏币，只要拥有Special Touch Feeling游戏，随时随地就可以用手指来跳舞。

编程技巧性强。在已有的关卡基础上，只要改变一下数组的值，就可以很快地推出新的一关，大大减少了工作量，提高研发效率，增加盈利。

游戏音乐精选。所选歌曲都是市面上的金曲，选歌范围十分广泛，从中文歌到英文歌，不同用户都可以找到各自所喜欢的音乐。

UI设计清新亮丽。游戏界面以粉色为基调，使用户游戏时紧张的心情立刻能松弛下来。

作品原型设计

实现平台：Windows Mobile 系列平台

屏幕分辨率：800 × 480

游戏进入界面

游戏 LOGO

游戏主界面

游戏帮助

关于

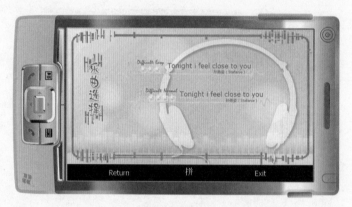

歌曲选择

准备界面

Easy 难度歌曲

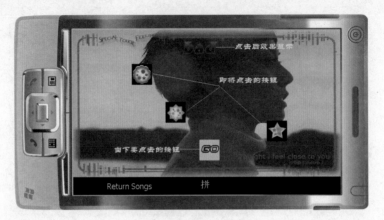

Normal 难度歌曲

作品 14　碎屏大对战

获得奖项

本科组二等奖

所在学校

北京信息科技大学

团队成员及分工

林　啸：负责项目管理和程序编写

李伟达：文档编辑和游戏模式策划

王祎辰：程序测试

李长顺：美工和UI设计

指导教师

王亚飞

作品概述

手机行业发展目前已经进入3G移动互联网时代，3G手机趋向于大屏幕和触摸屏控制。根据以上特点，我们设计了这款交互式的网络对战游戏。

在游戏情境中，双方"face-to-face"，通过手中的3种武器道具攻击对方身后的玻璃。对方通过手中的3种防具进行防守。在规定的时间内，一方进攻，另一方防守。然后，攻防转换。在相同时间内，通过打碎玻璃次数的多少判定胜负。

可行性分析

不可否认Windows Mobile平台在现在手机市场上已趋于逐步淘汰的阶段。之所以选择这个平台，一是因为条件所限，二是对于刚刚接触手机软件开发的我们来说，选择一个容易上手的平台不失为一种很好的尝试。下一步的目标平台将是Andriod平台，原因是据调查表明Andriod平台已经成为市场主流平台之一，其市场占有率有进一步扩大的趋势。

本款软件的目标群体是年轻人。据调查年轻人是3G手机消费的主力军，所以本款软件拥有广阔的市场。

游戏开始	双方各有30s的攻击时间。攻击目标为对方身后的玻璃。当一方攻击时另一方防守。30s时间到后，攻防转换。最后通过比较打碎对方玻璃次数的多少判定输赢	攻方3种武器道具	鸡蛋	VS	平底锅
			棒球	VS	棒球手套
			西瓜	VS	切菜刀
		每种防具只能对应一种攻击武器，当攻方使用不同的武器攻击时，守方需切换不同的防具进行防守			
		守方3种防具道具	平底锅	VS	鸡蛋
			棒球手套	VS	棒球
			切菜刀	VS	西瓜

作品原型设计

开始游戏

将对方玻璃打破　　　　　　　　己方玻璃被打破

作品 15 驴行

获得奖项

本科组二等奖

所在学校

北京印刷学院

团队成员及分工

王伟奇：作为项目组长，富有创造力，热爱计算机编程，有很强的组织能力和团队精神。主要负责软件整体架构、分配任务及软件界面的布局实现。

李潇奕：计算机编程能力较强，负责拍照、摄像等功能的实现，以及多媒体信息的编辑，同时也参与了界面设计的讨论和策划。

缪林志：积极完成组长布置的任务，热衷于计算机编程，学习能力强，负责数据的存储管理，界面之间转换程序的编写。

李梦颖：对工作积极热情，负责软件UI界面设计（色彩搭配，LOGO，主菜单，记录，摄像，设置，社区等页面）及文档编写。

康　然：生活态度乐观，工作勤奋，负责软件UI界面设计（色彩搭配，LOGO，主菜单，照相，社区，记忆库等页面）及文档编写。

指导教师

杨树林

作品概述

该款软件使用用户可以在旅行途中随时随地记录当下发生的事情。软件主要分为记录、记忆库、社区3大部分。记录，通过拍照、摄像、录音记录当下，对记录下的图片、视频、音频信息以涂鸦或添加文本等方式进行编辑后存储下来。存储下的记忆信息，在记忆库中以时间轴的形式来呈现。通过时间作为线索，将用户的记忆串连，让记忆搜寻的过程变得更加方便和连贯。为了充分利用3G网络传输速度快的优势，还专门为这款软件设计了社区部分，作为所有使用驴行软件者的3G网络交流平台。用户登录社区，上传自己的记录及时与好友进行分享；旅行途中的用户，还可以通过登录驴行社区寻找在线同城好友，在旅行途中结识志同道合的朋友。驴行软件多方面为用户考虑，提供方便的服务。

可行性分析

（1）技术可行性

就技术可行性而言，本软件易于实现，目前已经实现了其中的许多功能。Android客户端主要应用了Java技术，采用SQLite数据库对客户端的数据（图片、视频、音频等信息）进行存储管理。客户端通过HTTP协议与互联网平台相连接，和互联网平台实现数据传输。开发难度主要集中在如何与互联网实现数据的高速传输，这也是今后开发中需要解决的问题。

（2）经济可行性

该软件的开发成本低，网络维护成本也不高，同时我校二级学院给予了该项目大力支持，让我们对软件的成功开发充满了信心和期待。

作品功能

功能简述	功能描述
记录	记录部分由拍照、摄像和录音3个模块组成。当用户选择记录后，默认进入拍照界面。在界面上方有3个模式切换键，可以实现拍照、摄像、录音模式间的相互切换。用户可以实时采集图像、视频和音频信息，在采集完信息后，根据需要对信息进行编辑，还可以上传驴行社区与好友分享。如用户拍下一张照片后，可以打开预览照片下方隐藏的抽屉，在抽屉的文本编辑框中，写下自己的心情或是对照片的描述；还可以单击涂鸦按钮，在预览照片上画上自己喜爱的图案，使照片更加个性化。这是软件的主体，也是创意点集中的部分
记忆库	用户选择记忆库后，可以浏览自己保存过的信息，并且对已有照片、视频、音频进行再编辑或删除操作
社区	当用户选择社区后，手机将通过无线网络与互联网实现对接，用户可以及时将带有自己故事的图片、视频和音频信息与社区好友分享，同时通过寻找同城驴友，实现信息互动

续表

功能简述	功能描述
设置	用户可以根据自己的喜好选择不同的主题，随着驴行软件在市场中的深入推广，会设计不同风格的操作界面供用户选择。音量设置，用户可以调节软件中播放器的声音大小

作品特色

（1）记录。通过照相记录下那些令人难忘的信息后，用户可以打开隐藏在屏幕下方的抽屉，第一时间写下自己的心情，对于照片信息，用户还能够进行涂鸦处理，使用户保存下的那些记忆更加个性、生动与活泼。

录音的时候，UI界面上的小驴从闭嘴状态变为张嘴状态，非常有创意的交互设计。

（2）记忆库。进入记忆库，UI界面以一个类似心电图的图片分为12个月份来表示时间轴，波动越高的月份说明此月所记录的事件越多。

（3）社区。进入社区，用户除了可以将自己记录下的信息发布于社区平台与所有社区好友分享外，还可以通过点对点传输，根据用户意愿，将信息及时传递给特殊的人。

通过3G移动网络，自动搜索出用户所在位置。

通过3G移动网络，能自动搜索到同城驴友。

信息保存时，采集了记录时间，记忆库通过时间对信息进行排序，为用户生成一条时间轴，时间轴使用户的记忆连续。

作品原型设计

界面图标为该软件在手机上显示的图标。单击软件图标，进入软件的加载界面。

主界面：加载页面后的驴行软件主界面；在主界面中，单击"记录"时的状态。

照相界面：单击"记录"，默认进入照相状态，拍下照片后的界面。

照相后弹出文本框：照相完成后单击界面下方的拉伸文本框的按钮，文本框出现。

照相后编辑1：单击文本框，出现书写键盘，为编辑文字时的状态。

照相后编辑完成：照相界面中文本编辑完成状态。

照相&编辑后涂鸦：单击界面左上方"画笔"进行涂鸦后的状态。

照相完成后分享：照相、文本、涂鸦都完成之后，单击右上角"√"，弹出"是否分享到驴行社区"页面。

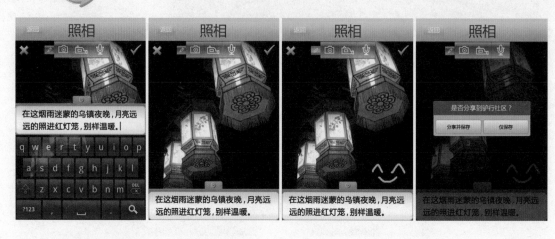

打开摄像的界面：正在摄像时的界面。

打开录音界面。

单击左下角录音按钮，按钮变为停止键，正在录音中。

单击左下角停止按钮后，出现提示——录音后是否保存，保存在"请输入音频名称"中输入名称，不保存请单击左上角的"×"。

录音完成后，单击右下角播放按钮，按钮变为暂停键；录音播放中，单击暂停键可暂停播放录音；双击暂停键，变为停止键，停止播放录音。

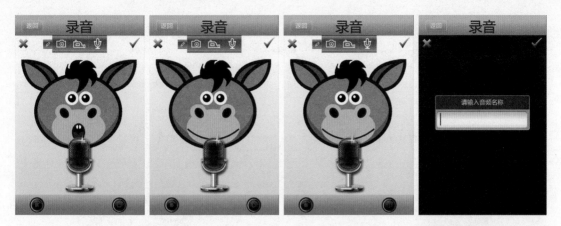

记忆库竖版打开：UI界面以一个类似心电图的图片分为12个月份来表示时间轴，波动越高的月份说明此月记录的事件越多。由于手机屏幕显示有限，可以分屏显示，如1月～7月的界面，8月～12月的界面等。

记忆库打开后选中：如单击八月份时，"八月"文字变大并且和其对应的波状图有一圈浅绿色光圈，此状态为选中时的界面状态。

记忆库横版打开：UI界面以一个类似心电图的图片分为12个月份来表示时间轴，波动越高的月份说明此月所记录的事件越多。

记忆库横版打开选中：如单击八月份时，"八月"文字变大并且和其对应的波状图有一圈浅绿色光圈，此状态为选中时的界面状态。

记忆库打开后界面：记忆库打开"八月"后界面，显示八月旅行的地点和时间信息。打开"中国乌镇"文件夹，出现列表界面，显示在乌镇用驴行软件添加了视频、音频和照片信息。在记忆库列表界面中，单击音频时的状态。单击记忆库列表界面中的视频后，出现视频页面，单击图标可观看视频。单击记忆库列表界面中的音频后，出现音频页面，单击图标可收听音频。单击记忆库列表界面中的照片后，出现照片页面，单击图片可以放大至全屏。

乌镇的天空

忧河的水流声

在这烟雨迷蒙的乌镇夜晚，月亮远远的照进红灯笼，别样温暖。

3G 智能手机创意设计

记忆库 返回 2010年

记忆库 返回 2010年

记忆库 返回 2010年

记忆库 返回 2010年

记忆库 返回 2010年

记忆库 返回 2010年
中国 乌镇
08.22~08.26

记忆库 返回

中国 乌镇	2010/08/24	AM10:32
中国 乌镇	2010/08/24	PM03:22
中国 乌镇	2010/08/24	PM09:20
<空>		
<空>		
<空>		
<空>		
		1/1 页

记忆库 返回

中国 乌镇	2010/08/24	AM10:32
中国 乌镇	2010/08/24	PM03:22
中国 乌镇	2010/08/24	PM09:20
<空>		
<空>		
<空>		
<空>		
		1/1 页

驴行社区登录界面。

驴行登录界面输入状态：驴行社区登录界面输入文字状态。

驴行社区登录后状态：重点显示"同城驴友最新发布"和"我的社区记忆库"两大部分，"可被搜索"为社区在3G移动网络下的一大特点，能自我定位并且设置是否可被搜索。

驴行社区登录后操作界面："我的社区记忆库"模块中，单击左右箭头，选中的图片会放大，有一圈绿色的光圈，代表选中状态。单击"可被搜索"，从灰色变为绿色，代表选中此选项。

单击设置：在主界面单击设置后出现此界面。

单击系统设置状态：在设置界面中单击系统设置时的状态。

作品 16　可怕的麦当劳

获得奖项

本科组二等奖

所在学校

北京邮电大学世纪学院

团队成员及分工

张彦超：编程小能手，开发过多个Android应用程序。负责软件整体架构的设计、主要功能算法的实现。

唐胜华：完美主义者，各个环节都孜孜以求。负责UI界面的设计与实现。

孙　昂：思想全面，考虑周全，稳字当头。负责数据库连接功能与读写功能的编写。

王　辰：想法独特，善于管理，全局考虑问题。总策划，负责数据库建模和辅助文档编写工作。

王一然：信息收集能力强，有较强文字功底。负责资料收集、美工、文档的编写。

指导教师

陈沛强

作品概述

一个肥胖的人物，在不健康的饮食环境下长成了这个样子，这会让大家真真切切感受到生活中的垃圾食品对身体的危害。

这款应用程序的名称是"可怕的麦当劳"，是一款营养健康类应用程序，这类应用在Android Market上比较少见，可以说是个冷门类别，但这款程序的应用却绝对不冷门。本软件将极大地提高用户的生活和饮食质量，让人们意识到健康的重要性，以及随之带来的改变不良饮食习惯的迫切性。

这款应用设计程序可以让用户直观地了解到麦当劳一类快餐食品的营养含量。用户在挑选过程中将通过大量丰富的数据感受到快餐食品对健康的危害性有多么严重。同时，也会提供给用户一些必要的建议和健康饮食方面的小知识，力求让用户通过使用这款手机应用软件了解到快餐对我们每一个人的危害，从而能对自我进行饮食方面的及时调整。

在软件规划中，它具有以下几大功能：食品信息浏览、食品信息查询、食品选择与统计、营养信息总汇、营养结构分析、在线更新食品信息。

可行性分析

营养健康类的应用程序虽然算不上热门，但并不意味着没有发展空间。其实，越冷门的应用，潜力才越大。因为没有一款程序能足够地吸引人们的眼球，同时能够满足用户和软件生产商的需求。而这款"可怕的麦当劳"应用程序无论从创意性还是实用性上都绝对会让用户和商家眼前一亮！

当然，我们的目标绝不仅如此，待时机成熟，我们会进行大规模的更新，如数据的实时性更新、食品种类的扩充、健康功能的优化等都会让用户爱不释手。作为个人手机的常驻程序，我们也同时考虑了为商家提供一个可扩展的平台，从而可以方便地对这款程序进行商业扩展。

在软件的销售前景方面，"可怕的麦当劳"程序软件可以实现软件生产企业、餐饮企业、用户和创意设计提供方的四方共赢的局面。创意设计成果可以提供给软件生产商，从而实现创意设计成果的经济价值。软件生产商可以和餐饮企业达成协议，通过在软件中定制企业的信息从而为其提供广告宣传，这同时也为软件生产商带来了可观的广告价值。正是由于软件生产商吸收了餐饮企业的广告投入，该款软件便可以免费地提供给广大用户。

作品功能

功能简述	功能描述
数据查看	单击相应分类的食品，右侧显示物品图片及详细数据
搜索	键入食品关键字，以列表形式显示查询结果
物品选择	食品个数的选择，可增减
物品清单	对已选食品进行罗列，通过单击"已选择的食品"以列表形式显示
结果生成	对已选食品进行营养方面的分析并得出结果
在线更新	实现对数据库的在线更新，让用户得到更新更准确的资讯

作品特色

通过单击相应食品并在右侧"增减图片范围内"进行触摸操作对食品进行个数选择，个数可增减。

通过单击"已选择的食品"按钮列出之前选择过的食品并以列表形式显示。

在选择过程中食品信息将会"变色"，当所选食品超出每日所需标准时颜色将由绿变红。

营养报告显示出已选择食品的生成结果，包括"营养含量分析"，"过量营养食品"及"过量营养危害"等信息。

作品原型设计

实现平台：Android

屏幕分辨率：≥320×480

手机型号：Android 2.1系统并且屏幕分辨率≥320×480的手机型号都适用

"可怕的麦当劳"主界面，可进行相对类别的食品选择、搜索。

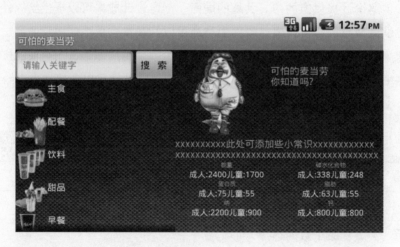

键入关键字，搜索结果以列表形式显示。

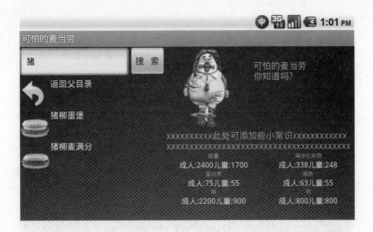

选择分类食品并进行数量选择，显示实时营养含量结果。

"已选择的食品"列表

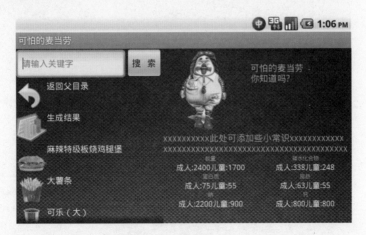

营养报告。

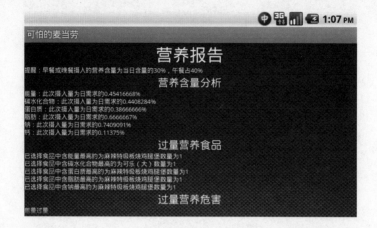

结果分析。

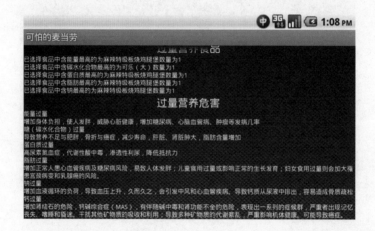

作品 17 传媒大学新生预报到

获得奖项

本科组二等奖

所在学校

中国传媒大学

团队成员及分工

周　俊：踏实勤奋，个人能力很强，具有领导潜力。负责总体构思，组员任务分配，总体结构的设计及搭建，核心代码编写及测试。

许　镔：勤奋好学、认真细致，具有很好的团队合作精神。负责地图设计与导出，辅助代码编写及测试。

范平泽：爱好数字媒体技术，心地善良，具有一定的创作能力。负责用户界面设计，实景采集与素材创作。

王琳琳：天马行空，古灵精怪，具有独树一帜的创新能力。负责创意提出与剧情设计，工程归档及质量监测，文档编写。

指导教师

扈文峰

作品概述

软件类型：RPG游戏

开发环境：J2ME

开发工具：Eclipse Classic 3.6.1

版本：V1.00(3)

大小：1840KB

语言：中文

设备：与Nokia，Motorola等大部分主流品牌手机兼容

使用者扮演游戏主角进行新生报到，通过完成新生注册、登记、体检等任务熟悉真实的校园情况。游戏地图模拟了真实的校园环境，建筑的方位按照实际比例调整，人物对话贴近校园风格，可以给使用者在实际中起到直接的向导作用。同时，游戏界面卡通化、十分亲和，让使用者感受到良好的游戏体验。

作品功能

本作品由使用者从新生的角度对大学校园进行游览，同时完成一系列与实际新生报到相同的人物，从而了解我校新生报到流程。使用者也可以进行无角色的校园参观，初步了解校园环境。使用者可以通过网络获取学校周边商家的打折信息（如优惠券等），与其他使用者在线留言，甚至进行"买地卖地"等互动。

作品特色

实用性：游戏地图经过实地勘察，按照实际布局进行缩放和布置，对于不熟悉校园地理环境的同学具有真实的参考性。因此，该游戏具有"虚拟校园"的特性，可以帮助使用者了解校园。

娱乐性：游戏设定了多个角色和一系列与实际相符的报到任务，界面风格活泼自然，人物对话十分具有"广院"特色。闲来无事的时侯，游戏的网络功能可以促进同学们之间的交流。

互动性：游戏的发展方向是"社交游戏"，最终将结合互联网添加"商家优惠"、"圈地买卖"、"产值增减"等功能，增强游戏的可玩性、互动性。

作品原型设计

作品创意源于国外许多大学都会在新生入学前举办一个叫做"Orientation"的活动。活动中，校方将召集新生熟悉入学手续和公共设施，有时还会派遣专人带领新生游览校园。在国内每年入学前，也有很多同学乐于在学校的论坛或者贴吧留名，进行"预报到"。可在实际中，校方碍于人员、场地、时间等限制，无法组织同学们进行类似"Orientatian"的新生活动。然而对于一个初来乍到的新生来说，这种介绍活动是十分需要且必要的。因此，这一需求激发了我们使用智能手机以游戏的形式对新生进行校园导览的想法。通过手机实现校园导览的功能，不仅能够帮助新生们了解入学流程，还能带领新生们提前融入大学生活中。

难点分析

地图设计：人工拼绘地图后，仅依靠手动输入地图数组工作量大、缺乏准确性。因此，编写了软件，在地图和生成矩阵之间进行转换，导出准确的地图信息。

2D ～ 2.5D的坐标转换及碰撞检测：以往的地图坐标都是建立于二维空间，而这款游戏是仿三维的。传统的平面坐标碰撞判断无法实现游戏功能，因此，我们对于游戏中人物和物体之间的碰撞重新进行了计算。

图层覆盖：游戏场景中有两个图层，分别绘制了底层地图和上层建筑（植物、人物、场景提示等），同一图层的遮盖关系则需要重新计算。该算法通过判断两个物体的行与行、列与列之间的相对坐标设置遮盖关系。

算法优化：为了使游戏可运行于各种手机型号，算法经过多次加工，尽量实现强大的兼容性。

作品 18 Android 图表制作精灵

获得奖项

高职二等奖

所在学校

北京信息职业技术学院

团队成员及分工

高　强：小组组长，做事认真、刻苦钻研。负责软件整体架构、分配任务及画图部分的处理等工作。

李国梁：技术总监，热情友善，团结协作，有责任心。负责图片的处理、帮助及配色的协调、代码的优化等任务。

田英杰：踏实稳重、任劳任怨、积极向上。主要负责UI界面编写及设计文档的编写工作。

指导教师

齐　京

作品概述

我们设计的这款软件叫做"Android图表制作精灵"。顾名思义，相信大家很快就能明白这款软件的作用。它是应用于Android系统下的图表制作工具，用户可以利用它很方便、直观地制作出饼状图、折线图、柱状图。除此之处我们还设计了一个自定义的画板，可以满足大家自己手工制作的要求。平时大家统计一些数据时，经常会制作一些图表以便更直观，但是通常要使用计算机的一些专业工具来制图，比较繁琐，有了这款软件，大家在给客户、同事、朋友等人群讲解的时候不再需要拿又重又笨的笔记本了，只要在手机上运行这款软件，那么一切问题都可以解决。

可行性分析

经我们小组调查，Android系统的应用软件已经超过150 000之多，但是截止到调查时在GoogleMarket上还没有发现类似于我们小组设计的这款软件。这款软件将便捷的操作以及超强的实用性征服市场、征服用户。2008年8月29日，Google推出了 Android Market，为使用Android操作系统的手机用户提供第三方应用。这个平台与Apple的 App Store相似，可以连接最新的Google在线服务器。由于其本土化的设计，Android Market可以让用户下载和安装支持Android系统的第三方软件。因此，将我们设计的软件上传到GoogleMarket以收费软件的形式出现，这将会给我们带来很大的收益。另一方面，可以以植入广告的形式发布来盈利。我们还会针对用户的反馈不断地优化这款软件，如果市场反应良好，我们也会将它移植到其他手机应用平台上。

由于这款软件的技术门槛并不是很高，所以在软件取得良好的成绩时肯定会出现同类产品，但我们会通过不断地优化和及时地发布新版本来牢牢抓住用户。至于技术可行性分析和资金风险分析对我们来说已不是问题，因为我们已发布了第一个版本，先上传到Market上看看用户的反响，并收取相应的费用，如果效果还行，就进一步维护和升级。

作品功能

功能简述	功能描述
饼状图生成	根据输入的数据生成一个由多个元素组成的饼状图，让人更好地了解数据之间的关系
折线图生成	根据输入的数据生成相应的线性图，然后可以对比各个元素之间的变化趋势
柱状图生成	根据输入的相应数据生成具体的柱状图，然后可以对比每组柱形的区别
自定义画板	用户可用画笔画出自己想要的各种图表

作品特色

更好地了解数据：当用户对很多数据对应的值没有相应的宏观了解时，可以用本软件来让用户对数据有一个宏观的认识，为数据的进一步分析作准备。

确定数据之间关系：当遇到多组数据时，明白它们之间的关系让人很是头疼。本软件可以形象化地把多个数据融合到一个图表里，然后用户可以对比它们之间的关系，进行直接的对比。

更好地描述数据：当用户想到一些图形化的数据时，让别人了解是一个非常困难的环节，运用自定义画板可以方便地实现这个功能，让别人也能了解具体数据。

运用重力感应：根据手机水平或竖直摆放，可以智能修改生成图表占屏幕的比例。

作品原型设计

实现平台：Android

屏幕分辨率：≥320×480

手机型号：只要是Android系统并且屏幕分辨率≥320×480的手机型号都适用
Android图表制作精灵的主界面。

饼状图制作的过程以及成型的饼图。

 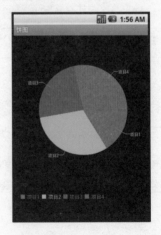

折线图制作的过程以及成型的折线图。

 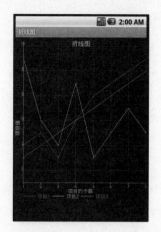

柱状图制作的过程以及成型的柱状图。

 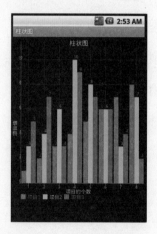

自定义的画板（可以自己画图）和软件的帮助。

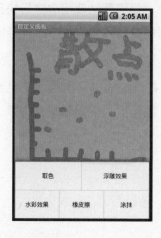 

作品 19 随机精灵

获得奖项

高职二等奖

所在学校

北京信息职业技术学院

团队成员及分工

阮元元：软件美工。

张雨萌：文档编写。

张　捷：软件整体结构编程。

李　周：软件编程助理。

高　祥：美术助理及文档编写。

指导教师

赵亚辉

作品概述

我们团队设计的"随机精灵"工具是一种随即分发信息的软件，它能够帮助使用者进行事件排序；能够帮助管理者进行任务分发告知；能够帮助使用者进行抉择；也能够帮助使用者足不出户就可以买到彩票；更能给需要帮助的使用者提供一种简洁的提示；还能通过"随机精灵"与同事朋友间做互动游戏。

"随机精灵"的画面简单，使用方便，能够在极短的时间里帮助使用者达到快速抉择的需要。所以，我们所开发的"随机精灵"是一款可以为使用者帮助抉择，以及闲暇时间休闲娱乐的实用辅助工具。

作品功能

功能简述	功能描述
抽签功能	可以把信息以签的形式进行随机抽取，保密性高且安全环保
骰子功能	可以选1～3个骰子：当选1个骰子时，随机从1～6中抽出一个数；当选2个骰子时，随机从1～12中抽出一个数；当选3个骰子时，随机从1～18中抽出一个数
彩票自助	可以帮助广大彩民进行简单快捷的从36个号码中随机选取7个不重复的号码
运势测试	可以抽取到1个运势签，具有解签的功能
工作随机分配功能	帮助工作的随机分配，方便管理者分配工作，减少不必要的麻烦
多向群发功能	可以多条随机信息以短信的形式，随机发送给多部手机；也可以1条短信随机发给多部手机之一

作品特色

（1）使用方便，简单易学。

（2）抽签工具便捷，实用性高。

（3）可反复使用，节约环保。

作品原型设计

开始界面　　　　　　　　模式选择　　　　　　　　分配

选签

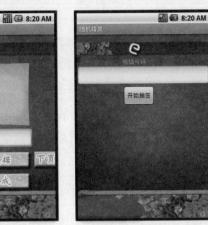

运行界面

号码

抽签

抽取

娱乐界面

骰子

运势

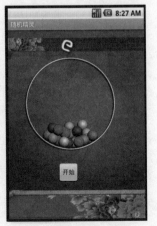

彩票

程序简介   人员分工

难点分析

用Random随机获取不重复的元素，抽签前需要书写内容，然后抽签获取随机内容，用到Random和数组来完成该功能。

抽签阶段利用了加速传感器，通过速度的变化和时间间隔，实现晃动手机便可完成抽签动画。

作品 20　北京市地铁出口指南 2010

获得奖项

高职二等奖

所在学校

北京北大方正软件技术学院

团队成员及分工

薛光甫、华琼：组长。

文　莉：美工、文档和演示。

赵守磊、韩晓旭：程序、数据与软件测试。

指导教师

刘　辉

作品概述

北京地铁是北京交通的重要组成部分，现有9条线路开通，有111个站点，19个换乘站点。一般地铁站点有4个出口，甚至更多。那么当我们下了地铁列车后，该如何从正确的出口出去呢？问人？不想麻烦别人；寻找挂在地铁某个地方的地图？乌压压的人太多了，不方便。"北京市地铁出口指南2010"解决的就是这个问题，引导用户提前、快速地找到正确的地铁出口，让您走出地铁更加省时、省力、省心。"北京市地铁出口指南2010"可以快速查找某个地铁站点出口地面地图、公交线路、周边环境、设施等。"北京市地铁出口指南2010"是北京市民出行的好帮手，在一定程度上也能够缓解地铁客流压力。软件采用J2ME平台开发，只要用户手机支持Java就能够安装运行本软件。

作品功能

① 可以查询北京所有地铁线路、所有站点出口地图。地图大小数倍于手机屏幕，支持上下左右移动。小范围的地图数据存储在本机上，无需上网查寻。如果需要查看更多地图，软件自动连接网络获取或者使用本软件定制版本。定制版本理论可以查询北京任何地点，显示地图和文字信息，并可超大范围地上下左右移动地图。

② 可以查看站点出口信息，如公交线路、周边环境、设施、建筑、饭店等，还可以查看地铁各条线路。

③ 可进行语言导航。通过连接网络可以读取服务器上对应站点的语音导航信息。

特色设计

主界面上有地铁出口的三维模型，可以按左右键旋转控制模型。具有创新性和趣味性。

软件界面可以定制。可以在三维场景中增加用户三维的名字，或者公司的LOGO，甚至定制整个软件界面。

可爱、卡通的界面设计，非常便捷的操作，更容易被用户接受。如本软件既可以通过选择线路，再选择站点的方式查询信息，也可以通过直接输入站点名称方式来查询。

本软件具有很强的手机兼容性。软件使用J2ME平台开发，只要用户的手机支持Java，就可以安装运行本程序。同时，软件能够按照不同手机屏幕大小，调整界面元素的位置、显示大小等。

本软件定制版可支持触屏、重力感应、响应屏幕横竖屏切换等。

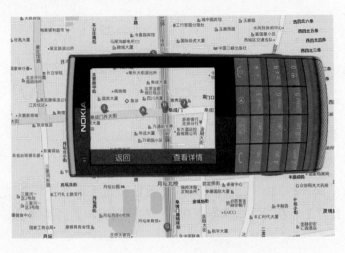

作品 21 嘘嘘

获得奖项

高职二等奖

所在学校

北京电子科技职业学院

团队成员及分工

董世俊：认真，耐心。负责项目分工，创意的描述，主题设定，可行性的假设与筛选，素材的筛选，策划、创意的检测。

孟川、金山：项目的发起人，对项目的可行性和市场前景分析做过充分的调查与考虑。思维开阔，富有创新精神，认真听取意见，善于捕捉问题的关键。有着很强的编程能力和速度。

李金、关珺：具有良好的美术功底与创意能力，能熟练地操作图片处理软件。思维灵敏，经验丰富，很强的创新能力，独特的创意，对市场洞察能力敏锐。负责项目界面的布局和绘制，并负责项目中素材的选取，对素材的加工和完善，创造出有创意、有思想、适合项目的完整素材。

指导教师

徐红勤

作品概述

什么游戏最吸引人？当前的玩家大多已经厌倦了在游戏中扮演英雄、大侠，而贴近人们生活、让玩家能够在游戏中找到普通人甚至是自己影子的游戏，则越来越吸引玩家的眼球。

人们在路上最怕遇到什么问题？"内急"……却找不到厕所，算是其中之一吧！

游戏以老北京胡同为背景。主人公在狭窄的"迷宫"一样的胡同里，感觉"内急"，急切地想找到厕所。在寻找过程中，他会遇到各种不文明的生活现象，如没有主人看管的大狼狗、乱停乱放的汽车、被偷了井盖的下水井、胡乱堆放堵住了通道的箱子和杂物等。

于是主人公需要利用游戏中提供的"道具"来解决这些问题，以便顺利通过。当历经千辛万苦终于找到厕所的时候，却又发现厕所"目不忍睹"，想冲刷，又没有了水……

这是一款老少皆宜的休闲类手机游戏，融合了迷宫、道具、推箱子、解谜、互联网等元素。诸多的现实问题可以使玩家感到既亲切又无奈、既头痛又趣味无穷。不仅可以锻炼玩家的思维，还可以在闲暇的时间里以游戏的形式体验到"内急"的感受，理解"绿色低碳"、"节能环保"对人们生活的重要性。

这款游戏来源于生活，描述生活，让人有一种贴近生活的亲切感。届时，玩家玩的不仅是游戏，而是一款关于生活的创意。

作品功能

游戏的整体风格偏向于休闲益智类游戏，需要道具的组合，虽然操作方便，但需要思考。道具系统是环环相扣的，其中有一点差错，游戏就会无法进行下去。

游戏运行后，首先出现的是闪屏和菜单系统，根据玩家的选择可以流畅地进入到游戏的各个界面，如帮助系统、关于游戏和进入游戏等。

游戏一共设置了三关，第一关是特地为初级玩家设置的。主要用于快速熟悉游戏的规则和操作方法。在这一关中，地图简单，障碍较少。基本都能在规定时间内找到厕所，并顺利如厕。

第二关，地图复杂，胡同设计类似迷宫，障碍增多。玩家在寻找厕所的艰难"征程"中，需要捡拾散落在地上的道具以便化解在路上碰到的各种问题。如需要动脑子推开堵住路的箱子继续前行、需要利用木板来铺平并警示被偷了井盖的下水井、需要利用捡拾到的金币来买水冲刷厕所等。在这一关中，利用路上捡拾到的道具，基本都能解决遇到的问题。根据玩家对不同问题的不同处理方法及处理时间，给出不同的得分，并设置排行榜，将玩家的得分保存到游戏服务中。如果玩家在规定时间内没有找到厕所，或者如厕后，没有将厕所冲刷干净，则游戏失败。

第三关，胡同改造，地图更加复杂，障碍设置更多，问题层出不穷。利用路上捡到的道具，不能完全解决问题，需要求助于网络。

在游戏过程中可以随时暂停、继续、返回和退出，并设置了来电暂停和恢复功能。

这款游戏通过对各种道具之间的合理分配和使用，不仅锻炼了玩家的思维能力，更多地是提醒人们在资源紧缺的情况下，要提倡"绿色、低碳、环保"的生活方式。

作品特色

（1）规则简单，容易上手

本游戏规则简单，操作方便，容易上手。

（2）可玩性强，用户黏性大

这款游戏来源于生活，贴近人们的生活，容易引起玩家的兴趣。

（3）方便实用

这是一款"小"游戏，"占地"小，可以下载运行到绝大部分手机上。利用等车、休息等片刻闲暇时间，随开随玩。

（4）利用网络，实时更新

游戏中需要通过互联网下载道具，实时更新的道具可以帮助玩家更快地通过关卡。玩家只要下载或购买这些道具，就可以让游戏变得更加有趣。玩家全部通关之后，还可以到专门的网站去下载更新，更新后玩家可以接着上次通关后的关卡继续游戏，持续满足那些兴趣未尽的玩家。

作品原型设计

作品灵感来源于一次上街，肚子突然波涛汹涌，却找不到厕所的踪影，脑门开始流汗，脸色逐渐蓝白交替……，作品完全是原创。

（1）主人公表情设计

（2）障碍系统设计

（3）场景设计

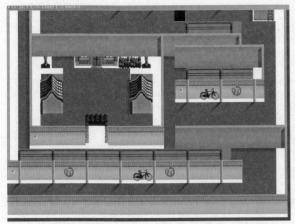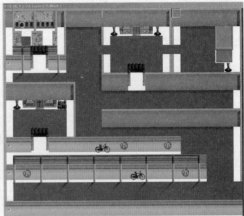

　　画面出现了四合院、二八自行车、蜂窝煤、胡同等，贴近生活。墙上一个大大的红色"拆"字，体现了老北京的怀旧情节。灰色的墙壁，让玩家有一种"身临其境"走进了老北京的幻觉。

（4）游戏运行效果图

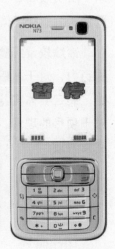

闪屏　　　　　　菜单　　　　　　起始界面　　　　　运行界面　　　　　暂停界面

作品 22　下 100 层游戏

获得奖项

高职二等奖

所在学校

北京电子科技职业学院

团队成员及分工

刘秋男：做事踏实，喜欢研究技术难题，善于发散思维，能从多角度思考问题，拥有冷静的头脑，能够很快地领悟新技术。负责游戏的功能具体实现，游戏数值的计算工作，在开发过程中积极与策划以及功能测试沟通，把握整体技术、策划、功能测试工作的时间安排、分配，按照计划完成游戏项目。

赵　颖：踏实肯干，爱学习，善于观察，对待本职工作积极、热情、负责，思维活跃。负责项目UI整体规划，设计和制作游戏UI。同时协助技术人员完成技术攻关，积极配合策划和程序员完成整个游戏的UI设计以及提供有力的技术支持。

徐腾蛟：经验丰富，思维缜密，创新能力强，对于项目的整体策划有很好的理解和执行力，对于本职工作态度认真、负责，能够有效地保障游戏质量。负责项目的初步构想，制定具体实施方法，有效的配合技术人员进行具体项目制作，更好地保障技术人员对于项目的理解，以及游戏的功能测试，帮助技术人员找出游戏中存在的缺陷，更好地完善游戏。

指导教师

杜　辉

作品概述

本款游戏适合各个年龄段人群，如上班族、学生、老年人等。这款游戏简单好玩、容易上手，但是想要高成绩就要付出一些努力，挑战性较强。在城市里忙碌了一天的人们，在这么快的生活节奏下，偶尔在上班或上学时忙里偷闲玩一会儿，换换心情，放松一下，感受一下平日里难得感受的虚拟世界，别有风情。换个思维方式，更利于思考，缓解单调的气氛，让生活充满乐趣，大脑更加活跃，提高工作和学习的效率。

作品功能

娱乐、训练人的反应能力和耐性。

游戏的最大特点莫过于它的娱乐性，如果一款游戏让大家玩起来就头疼还有几个人愿意玩呢？这款游戏可以训练玩家的反应能力和耐心，同时也让大家在其中得到乐趣。可以说这款游戏也是对自己的一次挑战吧，每个人都有好胜之心，如果你想得高分就要耐心地玩，当然，如果你反应不够快也是不行的。

作品特色

在手机上玩游戏如果操作太复杂，用户会产生厌烦心理，觉得太没劲了。在这款游戏设计中除了导航键外只用到了四个键。游戏背景色以深蓝为主，没有做什么特别的效果，简约的界面会让我们的眼睛觉得很舒服，减轻了眼睛的压力，利于保护视力。游戏默认音乐是关闭的，当玩家在游戏中按下"7"或"*"键弹出菜单时才可以修改音乐状态，这也算是游戏的一大特色吧。

作品原型设计

按键信息

游戏背景

所设计的这款游戏只有一关，并不会没有意思，还是有一定难度的，后期如果有需要可以添加新的关卡。主人公不在屏幕内游戏结束，如果碰到带有钉刺的挡板血量会减少，如果碰到平滑的挡板血量会增加，碰到敌人，血量也会减少。千万不要小看这些，这些就是游戏的玩点，锻炼玩家的反应能力和耐心，敌人（NPC）会从不同的位置出现干扰主人公，要想过关可要花点心思的。

游戏菜单

游戏运行

六、比赛评价体系

1. 初评评价指标

编号	评分项	说　明	分值
1	作品创意	创意点能与手机功能、互联网结合，创意点直观、便捷、易于操作（15～20）； 创意点与手机功能结合不明显或缺少网络功能（7～15） 作品创意不突出或明显模仿现有产品（0～6）	20
2	技术可行性	创意点全部具备技术实现的可能（8～10） 创意点60%～80%具备技术实现的可能（5～7） 创意点0～60%具备技术实现的可能（0～4）	10
3	市场前景分析	市场前景分析清晰、明确，有完善的市场规划，使用主流开发平台：能适应不同类型的手机用户（8～10） 市场前景分析比较清晰，有一定的市场规划，使用主流开发平台（5～7） 市场前景分析模糊不清，没有完善的市场规划，使用非主流开发平台（0～4）	10
4	作品功能设计	作品功能描述完整、合理（11～15） 作品功能描述不完整、缺乏合理性（7～10） 作品功能描述不清楚、前后矛盾（0～6）	15
5	作品原型实现	UI界面功能设置合理，能体现80%～100%创意与功能（11～15） UI界面能基本演示作品功能，能体现60%～80%创意与功能（7～10） UI界面无法运行，体现60%以下创意与功能（0～6）	15

编号	评分项	说　明	分值
6	团队合作	团队分工合理，职责明确，文档内容与原型一致(8～10) 团队分工欠合理，职责明确，文档内容与原型存在差异(5～7) 团队分工不合理，职责不明确，文档内容与原型存在很大差异(0～4)	10
7	UI设计能力	UI设计突出，功能跳转自然、风格统一、色彩柔和(8～10) UI设计较好，功能跳转生硬，风格不一致(5～7) UI设计一般，功能跳转有缺陷(0～4)	10
8	文档设计	作品描述清楚，有完整图文表述，文档规范(8～10) 作品描述清楚，有图文表述，文档有拼凑痕迹(5～7) 作品描述不清楚，无完整图文表述(0～4)	10
得分合计			100

2. 决赛评价指标

编号	评分项	说　　明	分值
1	作品创意	创意点能与手机功能、互联网结合，创意点直观、便捷、易于操作（10～15） 创意点与手机功能结合不明显或缺少网络功能（8～10） 作品创意不突出或明显模仿现有产品（0～7）	15
2	现场陈述	论述条理清楚，逻辑性强，表达清晰（11～15） 表达较清楚，具有一定的逻辑性（8～10） 陈述表达一般，思路不太清楚（0～7）	15
3	作品演示	原型功能完全实现其创意，特色明显（19～25） 原型功能基本表现创意（11～18） 无法运行或无法表示作品创意与功能（0～10）	25
4	回答问题	具有综合应用所学知识的能力，回答准确完整（19～25） 基本能回答提出的问题，准确性、完整性不足（11～18） 不能准确回答提出的问题（0～10）	25
5	团队合作表现	团队分工合理，职责明确，协作能力强（8～10） 团队分工欠合理，职责明确，配合不流畅（5～7） 团队分工不合理，职责不明确，未能体现团队协作（0～4）	10
6	作品市场前景	市场前景分析清晰、明确，有完善的市场规划，能适应不同类别的应用人群（8～10） 市场前景分析模糊不清，没有完善的市场规划（5～7） 市场前景分析不合理，市场规划出现漏洞（0～4）	10
得分合计			100

七、评委点评

本次大赛主办方联合知名企业，立足创新，鼓励创意，经过长期细致的规划与准备，整个赛程工作流程组织严谨，实施过程规范有序，各种软硬件技术条件准备工作充分，为参赛团队提供了很好的创意展示平台，使同学们出色发挥，保障了各个赛程的顺利进行。

作为北京市第一届赛事，各高校组队参赛积极踊跃，参赛队提交的作品各有独到的创意，均能体现自我创新时代特色，表现了同学们善于观察生活，提炼生活主题，实现作品创意所表现的优势和能力。在提交的参赛作品中，不少优秀作品具有一定的新颖性和实用性，表现出独有的创意特点，尤其入围作品，均能按大赛组委会要求，提交规范的设计文档，选题设计合理，参赛作品的功能实现的实际可运行较为完整，其中值得一提的是跨学科组队的参赛团队，在不同的参赛阶段，各自角色表现出色，均能表现出相应的协作意识和创作技能，使参赛作品均具有现代社会需求的应用价值与创新亮点，也是最后不断过关取胜不可忽视的一面。

本次大赛真正体现出现代大学生具有很强的创作潜能与创新技能，无论是作品创新理念的表现、作品解决方案的代码实现，还是应用平台整合集成、作品潜在市场分析等，都表现出同学们具备很好的专业学习与技术应用能力，特别是最终得以入围的作品，通过团队分工到位，整体工作思路清晰，协作默契，每个人都能很好地发挥出自己的作用，这对于每个参赛队员来说，对于今后走向社会实现自我创新与创业理想，均有很大的促进与帮助。

总之，本次竞赛的意义在于引导创新思维与实践，表现出参赛队具备较高的创意水平与创作技能。

中国农业大学教授　张莉

计算机应用大赛是一个能比较好地促进学生增长知识，全面培养学生的综合能力的好形式。本次大赛具有以下3大特点。

（1）主题明确，定位恰当

本次大赛主题"3G时代，创意无限"，即在3G通信领域中，开发智能手机的新应用领域，既有较高的技术含量，又有实际应用价值。

（2）兴趣引导，教师助推

比赛过程中，学生除了得益于有一定的平时知识积累外，他们喜爱大赛内容，有兴趣课外自学相关知识，起到关键作用。同时，辅导教师采用更贴近实际软件生产过程的培训方法，如在协调团队中人员分工、合理安排工作进度、进行市场需求调研、估算成本等方面的辅导，为学生能设计出更贴切市场需求的作品起到很好的助推作用。

（3）成果丰富，促进教改

总的来看，参赛作品的水平，普遍高于常规课堂实验报告水平。大学（包括高职）一、二年级的同学，提供了许多优秀作品，这说明"没有不聪明的学生，仍有不恰当的教学方法"。如，大赛中使用的许多软件，在常规教学中都作为独立的课程开设，在教学中往往只注意本课程的知识完整性，忽略在其应用领域中与其他课程的关联性；在课程实验中，强调验证实验结果与标准答案相同，忽略开发有创造性实验方法；容易混淆团队合作与互相抄袭的界限等。

本次大赛组织机构严密，服务队伍庞大，评委水平高，为顺利完成各个阶段的工作提供了可靠的保证。作为首次举行无可指摘，但如果后续继续进行，需要认真研究，根据目标如何确定规模，精简评判，注重辅导。使大赛成为促进教学的一个手段，而不是一个选秀的舞台。

北京林业大学教授　毛汉书

八、技术保障工作

1. 3G 实验室的开发和建设

北京联合大学和乐成3G创意产业研发基地经过多年来的全方位合作，并依托"国家、北京市服务外包人才培养模式创新试验区"，为适应3G移动互联网技术人才的需求，培养应用型拔尖人才，特建立"3G移动开发实验室"。

实验室以"全真3G移动开发实战项目"课程体系为主体，以实验平台为核心，同时配套实训实施体系（实训营、毕业设计）、师资培训体系、就业服务体系、在线服务体系和学生作品商用体系，以及实验室建设促进教学改革和人才培养机制，充分利用校企合作成果，推动课程教学内容更新、教材建设、师资建设和专业建设，基于3G移动开发技术创新实践来构建教学实验实践平台，实现技术创新、校企联动、教学资源与人才培养的良性互动，以先进3G技术引领学生实现创新、创意、创业的梦想。实验室现在配备的平台有：

① Symbian开发平台，C/C++语言为开发语言；

② Windows Mobile开发平台，C/C++语言为开发语言；

③ MTK开发平台，C语言为开发语言；

④ Android开发平台，Java语言为开发语言；

⑤ J2ME开发平台，Java语言为开发语言。

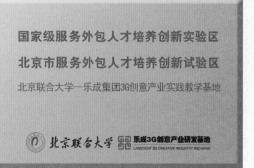

▲北京联合大学 3G 移动开发实验室揭牌仪式

▲行业、企业专家在实验室视察并指导工作

2. 宣讲和培训

为了扩大大赛的影响面，提高学校、学生参与大赛的积极性，秘书处和协办企业在4个月的时间里，深入北京市的28所高校进行宣讲活动，参与的教师和学生接近2000人。宣讲的内容主要包括大赛介绍、大赛主题及相关技术介绍、大赛参与方式等。通过组织宣讲活动，使更多的学生、教师了解了3G智能手机创业设计的内容、要求、竞赛方式等，起到了动员学生参加、推广最新技术、开拓创新、创意思路的作用。

▲北京联合大学举办开发技术培训

▲北京城市学院大赛培训　　　　　▲北京工商大学大赛培训

▲北京林业大学大赛培训

▲北京信息科技大学大赛培训

▲北京语言大学大赛培训

▲首都师范大学大赛培训

▲中国地质大学大赛培训

▲北京石油化工学院大赛培训

3. 大赛网站的建设和运行

根据大赛的需要和计算机应用学科特点，体现信息化优势，开发了大赛网络运行平台（http:// 3gdasai.buu.edu.cn）。该平台集信息发布、作品提交及状态查询、在线交流、后台统计管理等功能于一体，成为本届大赛的宣传窗口和亮点之一。

九、3G 手机开发平台简介

平台 1：Android

Android一词的本义指"机器人"，同时也是Google于2007年11月5日宣布的基于Linux平台开发的手机操作系统的名称，该平台由操作系统、中间件、用户界面和应用软件组成，号称是首个为移动终端打造的真正开放和完整的移动软件。目前，最新版本为Android 2.4 Gingerbread和Android 3.0 Honeycomb。

系统简介

Android是基于Linux内核的操作系统，是Google公司于2007年11月5日公布的手机操作系统。

早期由原名"Android"的公司开发，Google在2005年收购"Android.Inc"后，继续对Android系统进行开发运营，它采用了软件堆层（Software Stack，又称软件叠层）的架构，主要分为3部分。底层Linux内核只提供基本功能，其他的应用软件则由各公司自行开发，部分程序用Java编写。

2011年初数据显示，仅正式上市两年的操作系统Android已经超越称霸十年的Symbian系统，跃居全球最受欢迎的智能手机平台。现在，Android系统不但应用于智能手机，也在平板电脑市场急速扩张。

采用Android系统的主要厂商包括美国摩托罗拉（MOTOROLA）、中国台湾HTC、韩国三星（SAMSUNG）、英国索尼爱立信（Sony Ericsson），另外还有国内厂商：华为、中兴、联想等，其中摩托罗拉目前占有Android操作系统最大的市场份额，可以称得上是Android操作系统的领军者。

系统架构

应用程序

Android以Java为编程语言，从接口到功能，都有层出不穷的变化，其中Activity等同于J2ME的MIDlet，一个 Activity 类负责创建视窗，一个活动中的Activity就是在 Foreground（前景）模式，背景运行的程序叫做Service。两者之间通过Service Connection和AIDL连接，达到复数程序同时运行的效果。如果运行中的 Activity 全部画面被其他 Activity 取代时，该 Activity 便被停止，甚至被系统清除。

View等同于J2ME的Displayable，程序员可以通过 View 与 "XML Layout" 将UI放置在视窗上，Android1.5的版本可以利用 View 打造出所谓的 Widgets，其实Widget只是View的一种，所以可以使用Xml来设计Layout，HTC的Android Hero手机即含有大量的Widget。至于ViewGroup 是各种Layout 的基础抽象类（Abstract Class），ViewGroup之内还可以有ViewGroup。View的构造函数不需要从Activity中调用，但是Displayable是必需的，在Activity 中，要通过FindViewById()来从XML 中取得View，Android的View类的显示很大程度上是从XML中读取的。View 与 Event（事件）息息相关，两者之间通过Listener 结合在一起，每一个View都可以注册一个Event Listener，如当View要处理用户触碰事件时，就要向Android框架注册View.OnClickListener。另外还有Image等同于J2ME的BitMap。

中介软件

中介软件是操作系统与应用程序的沟通桥梁，分为两层：函数层和虚拟机。 Bionic是Android 改良Libc的版本。Android 同时包含了Webkit，所谓的Webkit 就是苹果Safari浏览器背后的引擎。Surface Flinger 是就将2D或3D的内容显示到屏幕上。Android使用工具链为Google自制的Bionic Libc。

Android采用OpenCore作为基础多媒体框架。OpenCore可分7大块：PVPlayer，PVAuthor，Codec，PacketVideo Multimedia Framework(PVMF),Operating System Compatibility Library(OSCL)，Common，OpenMAX。

Android 使用Skia 为核心图形引擎，搭配OpenGL/ES。Skia与Linux Cairo功能相当，但相较于Linux Cairo, Skia 功能还只是雏形。2005年Skia公司被Google收购，2007年初，Skia GL源码被公开，目前Skia 也是Google Chrome 的图形引擎之一。

Android的多媒体数据库采用SQLite数据库系统。数据库又分为共用数据库及私用数据库。用户可通过ContentResolver类取得共用数据库。

Android的中间层多以Java 实现，并且采用特殊的Dalvik虚拟机。Dalvik虚拟机是一种"暂存器型态"的Java虚拟机，变量皆存放于暂存器中，虚拟机的指令相对减少。

Dalvik虚拟机可以有多个实例，每个Android应用程序都用一个自属的Dalvik虚拟机来运行，让系统在运行程序时可达到优化。Dalvik虚拟机并非运行Java字节码，而是运行一种称为.dex格式的文件。

硬件抽象层

Android的HAL（硬件抽象层）是能以封闭源码形式提供硬件驱动的模块。HAL 的目的是为了把Android Framework与Linux Kernel隔开，让Android不过度依赖Linux Kernel，以达成Kernel Independent的概念，也让Android Framework的开发能在不考虑驱动程序实现的前提下发展。

HAL Stub是一种代理人的概念，Stub是以*.so文档的形式存在。Stub向HAL "提供"操作函数，并由Android Runtime向HAL取得Stub的操作函数，再 Callback这些操作函数。HAL里包含了许多的 Stub。Runtime 只要说明"类型"，即 Module ID，就可以取得操作函数。

编程语言

Android运行于Linux Kernel之上，但并不是GNU/Linux。因为在一般GNU/Linux里支持的功能Android大都没有支持，包括Cairo，X11，Alsa，FFmpeg，GTK，Pango及Glibc等都被移除了。Android又以Bionic取代Glibc、以Skia取代Cairo、再以Opencore取代FFmpeg等。Android为了商业应用，必须移除被GNU GPL授权证所约束的部分，如Android将驱动程序移到UserSpace，使得Linux Driver与Linux Kernel彻底分开。Bionic/Libc/Kernel/并非标准的Kernel Header Files。Android的Kernel Header是利用工具由Linux Kernel Header所产生的，这样做是为了保留常数、数据结构与宏。

目前Android的Linux Kernel控制包括安全、存储器管理、程序管理、网络堆栈、驱动程序模型等。下载Android源码之前，先要安装其构建工具Repo来初始化源码。Repo是Android用来辅助Git工作的一个工具。

Android 平台五大优势特色

一、开放性

在优势上，Android平台首先是其开放性，开发的平台允许任何移动终端厂商加入到Android联盟中来。显著的开放性可以拥有更多的开发者，随着用户和应用的日益丰富，一个崭新的平台也将很快走向成熟。

开放性对于Android的发展而言，有利于积累人气，这里的人气包括消费者和厂商，而对于消费者来讲，最大的受益正是丰富的软件资源。开放的平台也会带来更大竞争，如此一来，消费者将可以用更低的价位购得心仪的手机。

二、挣脱运营商的束缚

在过去很长的一段时间，特别是在欧美地区，手机应用往往受到运营商制约，使用什么功能接入什么网络，几乎都受到运营商的控制。自从iPhone上市后，用户可以更加方便地连接网络，运营商的制约减少。随着EDGE、HSDPA这些2G ～ 3G移动网络的逐步过渡和提升，手机随意接入网络已不是运营商口中的笑谈。

三、丰富的硬件选择

这一点还是与Android平台的开放性相关，由于Android的开放性，众多的厂商会推出千奇百怪，功能特色各异的多种产品。功能上的差异和特色不会影响数据同步和软件的兼容。如从诺基亚Symbian风格手机一下改用苹果iPhone，同时还可将Symbian中优秀的软件带到iPhone上使用、联系人等资料更是可以方便地转移。

四、不受任何限制的开发商

Android平台提供给第三方开发商一个十分宽泛、自由的环境，因此不会受到各种条条框框的阻挠，可想而知，会有很多新颖别致的软件诞生。但也有其负面性，血腥、暴力、情色方面的程序和游戏如何控制正是留给Android的难题之一。

五、无缝结合的 Google 应用

如今叱咤互联网的Google已经有了10年的历史，从搜索巨人到全面的互联网渗透，Google服务如地图、邮件、搜索等功能已经成为连接用户和互联网的重要纽带，而Android平台手机将无缝结合这些优秀的Google服务功能。

平台2：Symbian

概述

Symbian操作系统的前身是英国宝意昂公司（Psion）的EPOC（Electronic Piece of Cheese）操作系统，原意是"使用电子产品时可以像吃乳酪一样简单"，这就是它在设计时所坚持的理念。

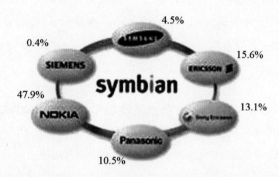

为了对抗微软及Palm，取得未来智能移动终端领域的市场先机，1998年6月，诺基亚、摩托罗拉、爱立信、三菱和宝意昂在英国伦敦共同投资成立Symbian公司，2008年该公司被诺基亚全额收购。

Symbian系统主要由中央处理器、ROM、RAM、I/O设备和电源等硬件部分组成。各个硬件部分各司其职，保证系统的运行。Symbian系统一般采用32位处理器，系统运行及数据运算都依靠处理器来完成。ROM内固化Symbian系统和设备自带的各项功能。RAM则是用于存放当前活动的程序和系统运行必需的数据，以及各类临时性交换文件，或者作为WAP缓存等，此外还负责存放用户的一些数据。I/O设备包括一般的控制设备，如键盘，触摸屏、扩展存储卡、蓝牙接口等。电源则为电池或者外接电源。以Series 60手机为例，一般会采用德州仪器的ARM处理器，在插入存储卡之后，系统存在4个逻辑存储驱动器：C盘是手机自带的用户存储盘，即Flash Memory，这种芯片的优点是不需要电力来维持资料，并且可以随时修改；D盘则是一个以空闲运行内存虚拟的缓存盘；E盘是用户插入的MMC卡；Z盘则固化了系统，即前面提到的ROM。

Symbian的系统内核为EPOC32，在电话功能上有很大优势，如信号强度非常好，但是却仅用于ARM平台。另外Symbian的内核是用C++语言编写的，所以，对C++语言的支持性是最好的。

Symbian OS 发展重要年鉴

1998 年

Symbian 成立于1998 年6 月，是由爱立信、摩托罗拉、诺基亚和宝意昂共同持股的独立私营公司。

为了对抗微软并将能够运行开放操作系统的移动通信终端产品引进大众消费领域，取得未来智能移动终端领域的市场先机，1998年6月，诺基亚、摩托罗拉、爱立信、三菱和宝意昂在英国伦敦共同投资成立Symbian公司。

2000 年

2000年，全球第一款基于Symbian操作系统的手机（采用Symbian5.0的爱立信R380 Smartphone）正式向公众出售，这款手机被称为智能手机的鼻祖。

2001 年

2001年，全球第一款基于Symbian操作系统的2.5G手机诺基亚7650发布。另外，全球第一款采用开放式Symbian 6.0操作系统的手机（诺基亚9210）也向公众出售，同时还提供多样的开发工具。

同年，富士通与西门子取得Symbian操作系统的许可证，加入Symbian。

2003 年

2003年Symbian发布了全新的Symbian OS V7.0版本。

在当年国内智能手机系统平台市场份额中，Symbian占有整个智能手机系统平台市场份额的66.6%，处于绝对领先，微软操作系统紧随其后，占有22.5%，而Palm OS和Linux在国内智能手机系统平台市场的份额还非常少。

Symbian作为最老牌的手机操作系统平台的开发商，在进入了智能手机时代后，Symbian并没有放弃发展的机会，以 Symbian 7全新的风格迎接时代的挑战，新的操作系统具备了多媒体娱乐，无线传输（包括蓝牙），并且加入了Sun公司的新Java虚拟机（JVM），可以提供更高的性能和有利于Java应用程序的下载。并适用于GSM，CDMA等多种模式，同时为了配合流行的操作习惯，Smybain OS厂家推出了3种平台：S60配合单手操作，S80配合双手操作，UIQ配合使用触笔操作。

2008 年

2008年6月24日Symbian被诺基亚全资收购，成为诺基亚旗下公司。2008年，Symbian智能手机累计出货量超过2亿部。同年Symbian协会成立，致力于Symbian开源计划及Symbian的转型。

2009 年

2009年，诺基亚推出的Maemo是一个基于Linux的移动设备软件平台，被看做诺基亚的顶级操作系统品牌，用于弥补Symbian的某些不足。

2009年年底，首款采用Maemo系统的智能手机诺基亚N900上市。

2010 年

自2010年之后，Symbian智能手机已经全面支持Qt开发，Qt是一个跨平台应用程序和 UI 开发框架。使用Qt只需一次性开发应用程序，无须重新编写源代码，便可以跨桌面和嵌入式操作系统部署程序。

2010年2月4日，Symbian开源计划获得了开放源代码许可证，意味着Symbian源代码可供第三方开发商和开发者免费使用。同日，Symbian协会也对外表示任何个人或组织都可以免费利用Symbian平台。

2010年4月诺基亚发布第一款采用Symbian 3操作系统的手机"诺基亚N8"。Symbian 3从系统内核部分针对触摸屏进行了优化，提供了超过250项更新，触摸体验远远超过S60V5，且支持多点触控。

2011 年初

随着Google的Android系统和苹果iPhone火速占据手机系统市场，Symbian基本上已失去手机系统霸主的地位。而诺基亚由于一直没跟Android合作，导致其业绩下滑，并决定与Windows Phone的主人——微软合作，将Windows Phone作为诺基亚的主要操作系统，而Symbian则作为一个短期投资，在一两年内继续支撑公司的发展，并最终被Windows Phone取代。

2011 年 3 月

2011年3月30日，据国外媒体报道，诺基亚通过Symbian官方博客宣布正式开放Symbian

系统的源代码，这意味着所有公司及个人开发者都可以无条件地获得该代码的使用权。

诺基亚智能手机部门开源项目主管皮翠亚·索德林(Petra Sderling)表示："我们会尽量把Symbian系统的代码、技术应用到全新的系统架构中。目前，大部分源代码已上传完毕，剩下的部分也将在近几周内上传。"

尽管诺基亚在2月份宣布将Windows Phone 7系统作为今后其手机的主打系统，但是诺基亚依然会在短期内继续投资Symbian系统，包括在2011年底前推出具有全新的用户界面，更高的分辨率和1G主屏处理器的新Symbian手机，同时新系统也通过升级的方式提供给所有Symbian 3用户。

多年来Symbian系统一直占据智能系统的市场霸主地位，系统能力和易用性等各方面已经得到了市场和手机用户们的广泛认可。

平台3：Windows Mobile

Windows Mobile，是 Microsoft 用于 Pocket PC 和 Smartphone 的 软 件 平 台。Windows Mobile 将 熟 悉 的 Windows 桌面扩展到个人设备中。Windows Mobile是微软为手持设备推出的"移动版Windows"，使用Windows Mobile操作系统的设备主要有PPC手机、PDA、随身音乐播放器等。Windows Mobile操 作 系 统 有3种，分 别 是Windows Mobile Standard，Windows Mobile Professional，Windows Mobile Classic。目前常用版本是Windows Mobile 6.1 和Mobile 6.5。

Windows Mobile 的常见功能

Pocket PC&Pocket PC Phone|Pocket PC Phone系列；

Today (类似 Symbian OS 的 Active Standby, 用来显示个人信息管理系统资料)；

Internet Explorer (和 PC 版 Internet Explorer 相似)；

Inbox (信息中心，整合Outlook E-mail与简讯功能)；

Windows Media Player (和 PC 版 Windows Media Player 相似)；

File Explorer (和 PC 版 Windows Explorer 相似)；

MSN Messenger / Windows Live (和 PC 版 MSN Messenger 相似)；

Office Mobile (和 PC 版 Microsoft Office 相似, 有 Word, Powerpoint和 Excel，由厂方选配，也可以自己安装，目前最流行的是2003版的Office Mobile。)；

ActiveSync (与PC连接并用于交换资料，PC上也要安装相应的工具软件才可以与PC连接并用于交换资料)。

Smart Phone 系列

开始菜单：开始菜单是Smartphone使用者运行各种程序的快捷方法。类似于桌面版本的Windows，Windows Mobile for Smartphone的开始菜单，主要由程序快捷方式的图标组成，并且为图标分配了数字序号，便于快速运行。

标题栏：标题栏是Smartphone显示各种信息的地方，包括当前运行程序的标题，以及各种托盘图标，如电池电量图标、手机信号图标、输入法图标和应用程序放置的特殊图标。在Smartphone中，标题栏的作用类似于桌面Windows中的标题栏加上系统托盘。

电话功能：Smartphone系统的应用对象均为智能手机，故电话功能是Smartphone的重要功能。电话功能很大程度上与Outlook集成，可以提供拨号、联系人、拨号历史等功能。

Outlook：Windows Mobile均内置了Outlook|Outlook Mobile，包括任务、日历、联系人和收件箱。Outlook Mobile可以同桌面Windows系统的Outlook同步，以及同Exchange Server同步（此功能需要Internet连接），Microsoft Outlook的桌面版本往往由Windows Mobile产品设备附赠。

Windows Media Player Mobile：WMPM是Windows Mobile的捆绑软件，其起始版本为9，但大多数新的设备均为版本10，更有网友推出了Windows Media Player Mobile 11。针对现有的设备，用户可以由网上下载升级到WMPM 10或者WMPM 11。WMP支持WMA，WMV，MP3，以及AVI文件的播放。目前，MPEG文件不被支持，但可由第三方插件获得支持，某些版本的WMP同时兼容M4A音频。

目前，微软的Windows Mobile系统已广泛应用于智能手机和掌上电脑，虽然手机市场份额尚不及Symbian，但正在加速赶上，目前生产Windows Mobile手机的最大厂商是中国台湾HTC，贴牌厂家有02 XDA，T-Mobile，Qtek，Orange等，其他还有东芝、惠普、Mio（神达）、华硕、索爱、三星、LG、摩托罗拉、联想、斯达康、夏新等。

2010年2月，微软公司正式发布Windows Phone 7智能手机操作系统，简称WP7，并于2010年底发布了基于此平台的硬件设备，主要生产厂商有三星、HTC、LG等，从而宣告了Windows Mobile系列彻底退出了手机操作系统市场。全新的WP7完全放弃了WM5，6x的操作界面，而且程序互不兼容。

与其他手机操作系统的比较，优点有：

① 界面类似于PC上的Windows，便于熟悉电脑的人操作。

② 预装软件丰富，内置Office Word，Excel，Power Point，可浏览或者编辑，内置Internet Explorer，Media Player。

③ 电脑同步非常便捷，完全兼容Outlook，Office Word，Excel等软件。

④ 多媒体功能强大，借助第三方软件可播放几乎任何主流格式的音频、视频文件。

⑤ 操作方式灵活，可以很方便地进行触摸式操作，也可以使用手写笔或者其他有尖端的工具进行像素级别的操作，有些型号有数字键盘或者全键盘，能比较快速地输入文字。

⑥ 极为丰富的第三方软件，特别是词典、卫星导航软件均可运行。

⑦ 文件兼容性强，利用内置及第三方软件基本上能兼容电脑上使用的常用格式文档。

⑧ 价格区间大，从低端700 ~ 800元左右的手机到高端7000 ~ 8000元左右的手机，均装备此操作系统，适合各个消费层次的消费者使用。

缺点有：

① 对不熟悉电脑的人来说操作较为复杂。

② 目前相机最大为810万像素（索爱X2 等，2009年）。

③ 软件配置不合理会有死机现象。

Windows Mobile相对应的智能操作系统，还有Symbian系统及苹果和Google的手机操作系统。

平台 4：J2ME

Java ME（Java Platform，Micro Edition）一 直 称 做J2ME（Java 2 Micro Edition），是为机顶盒、移动电话和PDA之类嵌入式消费电子设备提供的Java语言平台，包括虚拟机和一系列标准化的Java API。它和Java SE、Java EE一起构成Java技术的3大版本，并且同样是通过JCP（Java Community Process）制订的。

简介

Java ME是Java 2的一个组成部分，它与J2SE、J2EE并称。根据Sun的定义：Java ME是一种高度优化的Java运行环境，主要针对消费类电子设备，如蜂窝电话和可视电话、数字机顶盒、汽车导航系统等。JAVA ME技术在1999年的JavaOne Developer Conference大会上正式推出，将Java语言与平台无关的特性移植到小型电子设备上,允许移动无线设备之间共享应用程序。

设计规格

J2ME 在设计其规格的时候，遵循"对于各种不同的装置而造出一个单一的开发系统是没有意义的事"这个基本原则。于是 JAVA ME 先将所有的嵌入式装置大体上分为两种：一种是运算功能有限、电力供应也有限的嵌入式装置(如PDA 、手机)；另一种是运算能力相对较强、并且在电力供应相对比较充足的嵌入式装置 (如冷气机、电冰箱、电视机顶盒 (Set-Top Box))。因为这两种嵌入式装置，Java 引入了一个叫做Configuration 的概念，然后把上述运算功能有限、电力有限的嵌入式装置定义在Connected Limited Device Configuration(CLDC)规格之中；而另一种装置则规范为 Connected Device Configuration(CDC)规格。也就是说，Java ME 先把所有的嵌入式装置利用 Configuration 的概念隔成两种抽象的形态。

其实，在这里大家可以把Configuration 当做是Java ME 对于两种类型嵌入式装置的规格，而这些规格之中定义了这些装置至少要符合的运算能力、供电能力、记忆体大小等规范，同时也定义了一组在这些装置上执行的 Java 程序所能使用的类别函式库、这些规范中所定义的类别函式库为 Java 标准核心类别函式库的子集合，以及与该形态装置特性相符的扩充类别函式库。如就CLDC 的规范来说，可以支援的核心类别函式库为java.lang.*、java io.*、java.util.*，而支援的扩充类别函式库为javamicroeditionio.*。区分两种主要的Configuration 之后，Java ME 接着再定义出Profile的概念。Profile 是架构在Configuration 之上的规格。之所以有Profile的概念，是为了要更明确地区分出各种嵌入式装置上Java 程序该如何开发，以及它们应该具有哪些功能。因此，Profile中定义了与特定嵌入式装置非常相关的扩充类别函式库，而 Java 程序在各种嵌入式装置上的使用界面该如何呈现就定义在Profile里。Profile 之中所定义的扩充类别函式库是根据底层Configuration 内所定义的核心类别函式库建立的。

架构介绍

与J2SE和J2EE相比，Java ME总体的运行环境和目标更加多样化，但其中每一种产品的用途却更为单一，而且资源限制也更加严格。为了在达到标准化和兼容性的同时，尽量满足不同方面的需求，Java ME的架构分为Configuration、Profile和Optional Packages（可选包）。它们的组合取舍形成了具体的运行环境。Configuration主要是针对设备纵向的分类，分类依据包括存储和处理能力，其中定义了虚拟机特性和基本的类库。已经标准化的Configuration有CLDC和CDC两种规格。Profile建立在Configuration基础之上，一起构成了完整的运行环境。它对设备横向分类，针对特定领域细分市场，内容主要包括特定用途的类库和API。CLDC上已经标准化的Profile有Mobile Information Device Profile（MIDP)和Information Module Profile（IMP），而CDC上标准化的Profile有Foundation Profile(FP)，Personal Basis Profile(PBP)和Personal Profile(PP)。可选包独立于前面两者提供附加的、模块化的和更为多样化的功能。目前标准化的可选包包括数据库访问、多媒体、蓝牙等。

开发工具

开发Java ME程序一般不需要特别的开发工具，开发者只需要装上Java开发工具、Java SDK 及下载免费的 Sun Java Wireless Toolkit 2.xx系列开发包，就可以开始编写Java ME程序，编译及测试，此外目前主要的IDE(Eclipse 及 NetBeans)都支持 Java ME的开发，个别的手机开发商如诺基亚、索尼爱立信、摩托罗拉、Android系统都有自己的SDK，供开发者再开发出兼容他们平台的程序。

平台5：MTK

MTK是中国台湾联发科技多媒体芯片提供商的简称，全称MediaTek。公司早期主要生产以DVD，CDROM等存储器的IC芯片。在2000年后，MTK在手机方面也推出了一系列的IC芯片，目前该公司已经成为世界十大IC晶片设计厂商之一。

MTK 历程

1997年，MTK从联电分拆出来。

1999年底，MTK董事长蔡明介找到在美国Rockwell公司(1999年分拆出科胜讯)从事手机基带芯片开发的徐至强。

2001年1月，MTK手机芯片部门正式运营，开始研发手机基带芯片。

2003年底，开始量产出货。没有国产手机制造商理会这家新兴的手机基带芯片厂商。因此，MTK在中国台湾成立了一家手机设计合资公司达智，从事ODM业务，以证明自己。由于芯片的质量不错和功耗低，采用MTK的方案，最多是3～6个月，通常是3～4个月出一款手机。一套这样的系统非常便宜，在深圳只卖300～400元钱，因此，成为"山寨"手机芯片之王。

2005年，MTK向中国内地品牌手机企业推广，随后MTK方案开始大量进入中国内地品牌手机。

2006年，MTK已经占据中国内地手机基带芯片市场的40%以上，被波导、TCL、联想、康佳、龙旗、希姆通和天宇等国内主要手机设计公司和制造商采用。2006年第二季度的净利润率为41%。

2007年，营业收入达到新台币804.09亿，较2006年增长51%。手机芯片出货量高达1.5亿个，全球市场占有率近14%，仅次于德州仪器及高通。2007年TV芯片产品市场占有率已仅次于泰鼎微电子(Trident)的21%，达到17%。

2008年1月12日，宣布3.5亿美元完成对ADI手机芯片收购。完成此项收购后，将增加新的手机基频、射频芯片，包括GSM，GPRS，EDGE，WCDMA，TD-SCDMA等产品线，将加速MTK进军3G手机芯片市场。

技术开发参数

Microsoft Visual C++ 6.0，ARM Development Suite（ADS）1.2，MTK 3.0 SDK，

Visual Assist X。搭建MTK软件开发环境、实验室开发环境安装与调试。

目前市场上主流的平台有德州仪器、摩托罗拉、飞利浦、MTK、ADI、展讯、英飞凌、凯明等。德州仪器平台占有率最高，而MTK平台开发最容易。目前市场上飞利浦平台在功耗上相对有优势，德州仪器平台和MTK平台在手机成本上有相对的优势。服务方面所有手机平台没有特别大的差别。

MTK公司的产品因为集成较多的多媒体功能和较低的价格，在大陆手机公司和手机设计公司得到了广泛的应用。

由于MTK的完工率较高，基本上在60%以上，这样手机厂商拿到手机平台基本上就是一个半成品，只要稍微加工就可以上架出货。这也正是许多"山寨"手机都使用MTK的主要原因。

MTK的解决方案就是将主板、芯片、GPRS模块，以及系统软件捆绑在一起卖给手机厂商。手机厂商只要做外壳，加上电池和屏幕，如果要导航功能再加上GPS的导航模块，这样一部大屏幕、触摸手写、MP3、MP4、支持扩展卡和蓝牙的手机就诞生了。

目前，国产手机大量使用MTK平台。一部手机是否采用该平台十分容易分辨——假如拿到一部手机，解开键盘锁，在拨号界面按下*#220807#，如跳转到WAP界面或者软件列表，那就一定是MTK平台的手机。

反侵权盗版声明

　　电子工业出版社依法对本作品享有专有出版权。任何未经权利人书面许可，复制、销售或通过信息网络传播本作品的行为；歪曲、篡改、剽窃本作品的行为，均违反《中华人民共和国著作权法》，其行为人应承担相应的民事责任和行政责任，构成犯罪的，将被依法追究刑事责任。

　　为了维护市场秩序，保护权利人的合法权益，我社将依法查处和打击侵权盗版的单位和个人。欢迎社会各界人士积极举报侵权盗版行为，本社将奖励举报有功人员，并保证举报人的信息不被泄露。

举报电话：（010）88254396；（010）88258888

传　　真：（010）88254397

E-mail： dbqq@phei.com.cn

通信地址：北京市万寿路 173 信箱

　　　　　电子工业出版社总编办公室

邮　　编：100036

沃家庭 更精彩的家

北京联通沃·家庭全能套餐 全面升级！

 本地市话 / 长市合一，
两种选择

 固话 / 手机零月租，
本地互拨全免费

 每月最多 10 小时，
市话 / 长途免费打

 可视电话 /3G 无线上网，
随心选

沃家庭，更精彩的家
完美融合3G与宽带，畅享信息化生活
现在加入沃家庭，全能套餐给你更实惠
详询10010或登录 WWW.10010.COM

China
unicom中国联通

中国联合网络通信有限公司北京市分公司　www.10010.com　10010